Une seconde chance de bonheur

SHIRLEY JUMP

Une seconde chance de bonheur

Traduction française de
HÉLÈNE ARNAUD

Harmony

HARLEQUIN

Titre original :
THEIR LAST SECOND CHANCE

HARPERCOLLINS FRANCE
83-85, boulevard Vincent-Auriol, 75646 PARIS CEDEX 13
Service Lectrices — Tél. : 01 45 82 47 47

www.harlequin.fr

ISBN 978-2-2804-4161-2

1

Melanie Cooper raconta son premier mensonge à l'âge de cinq ans. En tout cas, c'était le premier dont elle se souvenait. Elle était allée jouer près du ruisseau, à quelques centaines de mètres de la maison – un terrain de jeu strictement interdit mais tellement tentant… Le ruisseau était l'endroit au monde qu'elle préférait, avec ses centaines d'écrevisses et de vairons qui scintillaient dans l'eau comme des pièces d'argent.

Elle entendit sa mère l'appeler et se précipita vers le trou de la clôture. Avec un peu de chance, elle aurait le temps de se glisser dans le jardin avant d'être vue. Dans sa hâte, elle s'égratigna le genou sur le grillage et, le temps d'atteindre la cour, la plaie était devenue un véritable geyser. Quand sa mère lui demanda pourquoi elle avait autant traîné, Melanie inventa une histoire alambiquée impliquant un chiot égaré et une chute sur le trottoir tandis qu'elle le rapportait à son propriétaire. Sa mère ignora le fait qu'elle avait quitté la cour sans autorisation et s'épancha sur le grand cœur de sa petite fille, se laissant même aller à quelques-uns de ses très rares compliments. Ce jour-là, Melanie comprit que mentir était le meilleur moyen d'éviter les ennuis… Et d'obtenir l'approbation de sa mère, si critique d'ordinaire.

Sans doute est-ce l'une des raisons qui la poussèrent, des années plus tard, à travailler pour le magazine *City Girl* qui avait fait du mensonge son fonds de commerce. Elle passait des heures à écrire des articles sur : « comment perdre dix kilos en dix jours », et à les remplir de conseils absurdes du genre : « faire une détox au thé vert », « aller plus souvent au club de gym » ou encore : « prendre l'escalier plutôt que l'ascenseur au travail ». Sa rédactrice en chef agrémentait le tout d'un titre racoleur et parvenait à faire bondir ses ventes de vingt pour cent grâce aux lectrices désespérées en quête d'un régime miracle.

Alors que sa voiture entrait dans Stone Gap – Caroline du Nord –, et traversait la ville pour ralentir devant la maison de sa sœur Abby, Melanie savait qu'elle allait devoir se montrer plus convaincante que jamais en mentant à sa grande sœur. Abby ne faisait pas partie de ces lectrices crédules qui cherchent les secrets cachés de la perte de poids dans les rayons de leur supérette. Elle était intelligente et elle connaissait très bien Melanie. Trop bien. Au moindre signe d'hésitation, elle découvrirait la vérité.

Et la dernière chose dont Melanie avait envie, c'était que sa sœur comprenne que la vie parfaite pour laquelle elle avait travaillé si dur venait de voler en éclats.

La gorge nouée, elle s'obligea à prendre une profonde inspiration. Puis deux. Tout se passerait bien. Elle allait trouver un moyen de se remettre en selle. En plus, elle allait peut-être avoir la chance d'être embauchée prochainement dans un prestigieux journal d'infos en ligne. Il lui suffirait de prouver qu'elle était capable d'écrire sur des sujets moins futiles que les régimes et le mascara. C'était bien pour ça qu'elle n'avait pas besoin de tout raconter à Abby : les choses allaient bientôt s'arranger d'elles-mêmes. En plus, sa sœur était plongée dans les derniers préparatifs de son mariage qui devait avoir lieu le week-end suivant, et elle n'avait certainement pas besoin de gérer en plus la dernière crise existentielle de sa petite sœur…

Ou plutôt *les* dernières crises, étant donné qu'en très peu de temps, Melanie venait de perdre son mari, son appartement et son travail. Son existence entière était devenue une longue suite de promesses non tenues et de fausses pistes, comme si son travail dans le monde de la fiction avait fini par déteindre sur son quotidien.

Elle s'engagea dans une impasse bordée d'arbres et s'avança jusqu'au portail ouvert du pavillon d'Abby. C'était une petite maison parfaite, entourée d'une plate-bande de géraniums rouges. Une balancelle oscillait paresseusement sous le porche, un vélo bleu était accolé à un chêne et un ballon de foot reposait dans l'herbe, au soleil. La douceur automnale enveloppait tout cela d'une agréable sensation de quiétude, aussi étrangère à Melanie qu'une averse de grêle à un Floridien. Des années plus tôt, elle avait cru…

Aucune importance. C'était une affaire close depuis longtemps.

Elle tourna le rétroviseur vers elle et jeta un coup d'œil à son maquillage. Puis elle lissa les plis de son T-shirt et chassa quelques grains de poussière imaginaires de son jean avant de sortir de la voiture. Elle monta les marches du porche d'un pas aussi assuré que possible.

Jacob, son neveu, sortit de la maison en courant. Il portait un T-shirt Transformers rouge vif qui le faisait ressembler à un mini camion de pompiers.

— Tante Melanie !

Il se jeta dans ses jambes avec toute la vivacité de ses cinq ans. Melanie étouffa un cri de surprise et se pencha pour le soulever de terre.

— Comment va le meilleur Jacob du monde ?

— Je fais du football ! Maman dit que je deviens très bon. Et mon entraîneur s'appelle Dylan, et on s'amuse beaucoup, et on a gagné notre dernier match !

Melanie éclata de rire.

— C'est super, mon grand. Bon sang ce que tu deviens lourd…

Elle le reposa par terre. Jake avait bien grandi de quinze centimètres et pris dix kilos depuis qu'elle l'avait vu, à Noël, deux ans plus tôt. Il glissa sa petite main dans la sienne et l'entraîna dans la maison, sans s'arrêter de parler de l'école, du football ou de son nouveau chien. Serrant entre les siens les petits doigts chauds du garçonnet, Melanie, attendrie, sentit les battements de son cœur s'accélérer. Un flot d'émotions la submergea et elle le maîtrisa tant bien que mal avant d'entrer dans la cuisine.

Abby était en train de sortir un plat du four. Elle le posa sur la cuisinière et se retourna, un grand sourire aux lèvres.

— Melanie, te voilà ! Comment a été ton voyage ? Je n'arrive pas à croire que tu aies fait toute la route depuis New York en voiture.

Un petit labrador sable se leva maladroitement et se mit à sautiller dans toute la cuisine, agitant sa queue et ses grosses pattes, avant de se figer devant Melanie.

— C'est Dudley, annonça Jake. Il a un nom de dinosaure !

— Un nom de dinosaure ?

Le chiot donna un petit coup de museau dans la main de Melanie en tambourinant furieusement de la queue sur le carrelage.

— Ouais ! M. Corbett, le dentiste, m'a donné un livre parce que j'ai été très sage la dernière fois. Et dans le livre, il y a Dudley le Dinosaure. Mais c'est pas un dinosaure qui fait peur : pas le genre qui peut te mordre. Lui, il mange bien ses légumes et il se brosse les dents tous les jours !

Melanie éclata de rire.

— Alors, c'est un dinosaure intelligent. Et c'est aussi un bon nom pour un chien.

— C'est Dylan qui nous l'a offert, dit Jake en serrant le chiot dans ses bras et en l'embrassant entre les oreilles.

— Je le trouve adorable.

Melanie posa son sac sur une chaise libre et son téléphone sur la table. Pas d'appels en absence, pas de textos, aucune notification miraculeuse sur l'écran. Pas grave. Le simple fait d'être enfin arrivée chez Abby apaisait la tension qu'elle traînait derrière elle depuis des mois.

— Adorable, mais il fait toutes les bêtises imaginables…

Abby éclata de rire. De toute évidence, elle acceptait Dudley comme elle acceptait tout le reste. Elle avait toujours eu une sorte de nonchalance paisible, aussi bien dans sa manière d'éduquer ses enfants que dans la façon dont elle appréhendait la vie en général. Aujourd'hui, ses cheveux châtains étaient rassemblés en une queue-de-cheval souple et elle portait un T-shirt vert pomme sur un jean skinny bleu marine. Un petit solitaire brillait à son annulaire gauche. Elle lança un nouveau sourire franc et accueillant à Melanie, mais cette dernière vit une ombre sous ses yeux. La marque irréfutable du stress de ces derniers jours, depuis que leur mère était arrivée.

— On dirait que tu as eu droit au comité d'accueil complet : boule de poil et gamin réunis !

— Et j'ai aussi eu la chance d'apprendre tout ce qu'il y avait à savoir sur le football, le chien et le nouvel instituteur génial. Tout ça rien qu'en traversant le vestibule, répondit Melanie en ébouriffant les cheveux de Jacob. On dirait qu'il n'a pas le temps de s'ennuyer, ce grand garçon.

— Oui, j'aurais dû l'appeler la Fusée…

Abby s'avança et serra sa sœur dans ses bras.

— Tu m'as manqué.

— Toi aussi, Abs.

Melanie s'accrocha à Abby une ou deux secondes de plus que nécessaire. Une partie de son cœur voulait briser les digues, laisser les larmes couler et avouer toute la vérité à sa sœur. Peut-être aurait-elle dû le faire. Peut-être Abby aurait-elle su trouver les paroles qu'il fallait, la sagesse qui lui manquait.

— Et encore toutes mes félicitations, bien sûr ! dit-elle d'un ton enjoué. Je suis tellement contente pour toi.

— Merci. Dylan est un homme incroyable. Je suis si heureuse qu'on se marie…

Quand Melanie lâcha enfin Abby, elle lut une telle joie dans ses yeux, aussi brillants que le diamant à son doigt, qu'elle ne put se résoudre à parler. Toute sa vie, Abby l'avait protégée. Elle avait pansé ses plaies quand elle tombait. Elle l'avait réconfortée quand un garçon lui posait un lapin. Elle l'avait défendue quand elle s'attirait des ennuis. Comment aurait-elle eu le cœur d'éteindre maintenant cette flamme de bonheur au fond de ses yeux ? Comment aurait-elle pu lui dire que sa petite sœur avait réussi à gâcher sa vie alors qu'elle venait enfin de trouver semblant de stabilité ?

Encore une fois.

Non, elle ne supporterait pas de lire la déception sur le visage d'Abby. Elle ne supporterait pas ce soupir qu'elle connaissait si bien et qui semblait dire « nous y revoilà », ni l'inquiétude et les conseils qui suivraient inévitablement. Elle avait pensé – elles avaient *toutes les deux* pensé – que cette époque était enfin révolue. Que les soirs où Melanie rentrait accompagnée par deux policiers parce qu'elle avait bu dans un bar avant sa majorité étaient derrière elles. Que les mots du proviseur parce qu'elle avait encore fait l'école buissonnière, ou les nuits où elle passait la porte sur la pointe des pieds à 3 heures du matin appartenaient au passé.

À l'époque, Abby avait toujours soutenu Melanie. Elle avait passé des heures à essayer de lui faire comprendre à quel point il était important d'aller à l'école, à la fac, d'obtenir un travail et de devenir enfin une adulte responsable. Il avait bien fallu deux ou trois ans avant que le message passe, et même après ça, Melanie avait régulièrement commis des erreurs. Elle avait persisté à prendre des décisions qui auraient pu détruire tout espoir d'avenir et avait même failli se retrouver une fois en prison. Sa mère avait toujours dit qu'elle était incapable de grandir – peut-être avait-elle raison, au fond…

Mais elle croyait sincèrement avoir réussi à se plier aux règles, enfin, et avait été largement récompensée pour ses efforts. Tout était parfait… jusqu'à ce que le château de cartes s'écroule. À présent, à vingt-neuf ans, elle se retrouvait une nouvelle fois seule, au chômage et à la dérive.

Elle ne risquait pas d'obtenir le trophée de la Meilleure

Réussite à la prochaine réunion des anciens élèves, c'était certain !

— Alors... Comment va maman ? demanda-t-elle avant de baisser la voix pour ajouter : elle te rend dingue, hein ?

Abby soupira.

— Elle est à la retraite et, pour tromper l'ennui, elle se fait une joie de dire à tout le monde à quel point elle est malheureuse. Je l'adore, Mel, mais...

— Mais elle aspire la joie de vivre comme un vampire ?

— C'est ça.

Abby eut un petit rire, puis se reprit.

— Bref, elle se repose pour le moment. Elle devrait descendre pour le repas.

Bonne nouvelle. Ça laissait au moins à Melanie un peu de répit avant d'affronter l'inquisition conjointe de sa mère et de sa sœur. À elles deux, elles risquaient de voir clair dans son tissu de mensonges.

— Et comment avance la préparation du mariage ? Je t'en supplie, ne me dis pas que tu fais partie de ces futures mariées qui passent des mois à faire des pots de confiture maison pour les invités et qui comptent se faire accompagner à l'autel par une chèvre affublée d'un déguisement grotesque ! J'ai déjà écrit un article sur ça et je te préviens : mes attributions de demoiselle d'honneur ne comportent pas l'option « dressage d'animaux sauvages ».

Abby rit de plus belle et alla glisser une plaque de cookies dans le four chaud avant de touiller sa poêlée de légumes. Jake, lui, les abandonna pour retrouver sa montagne de Lego, au milieu du tapis du salon.

— Non, rassure-toi. Mais j'aurais bien besoin de quelques séances de relaxation, parce que le traiteur a la grippe et j'ai dû trouver un remplaçant à la dernière minute, sans compter le groupe qui devait jouer et qui a l'air d'avoir disparu dans la nature. Dieu merci, Meri Barlow m'a aidée. Je l'ai embauchée pour faire les photos et elle m'a déniché des tas de gens pour me donner un coup de main. En particulier sa belle-sœur, Rachel, qui travaille à mi-temps comme *wedding planner.* Sincèrement, organiser un mariage me fatigue plus qu'élever deux garçons !

— Au moins, tu n'as pas besoin de t'inquiéter pour moi en plus du reste. Je vais bien. Tout roule.

Au final, mentir à voix haute était presque aussi facile que le faire par écrit, se dit Melanie. Peut-être qu'elle tenait là l'idée de base d'un nouvel article… Sauf qu'elle avait perdu son travail au magazine et que personne d'autre ne voudrait publier quelque chose qui commencerait par : « Dix astuces pour cacher vos échecs à votre famille ».

— Et Adam ? Il va bien ?

— Oui… Très bien. Il est occupé par son travail mais il a promis de venir te voir, la prochaine fois.

Elle n'avait pas vu son ex-mari depuis un an, pas depuis le jour où ils s'étaient présentés devant le juge pour signer les papiers du divorce. Lui et son sourire de couverture de magazine avaient quitté le bureau des affaires familiales sans même un regard en arrière. Aux dernières nouvelles, il avait emménagé dans un loft du Bronx avec Cheri, la réceptionniste de vingt et un ans qui travaillait chez son agent. Une de ces filles qui gloussent pour un rien et qui dessinent des petits smileys sur le *i* de leur prénom.

Melanie avait voulu annoncer son divorce à sa famille. Mais elle n'avait pas su trouver les mots justes, surtout quand sa mère passait son temps à dire à tout le monde à quel point elle était fière de sa petite fille journaliste et mariée. Il était plus facile de continuer à faire comme si tout allait bien plutôt que d'admettre que son couple battait de l'aile depuis longtemps. Faire ça l'aurait de nouveau cataloguée comme la ratée de la famille.

— Tu sais, tu n'es pas obligée de loger à l'auberge, dit Abby. Si tu veux dormir ici, je peux installer Jake dans la chambre de Cody et Cody sur le canapé. Ils seront peut-être un peu à l'étroit, mais ce sont des garçons. Ils se débrouilleront. De toute façon, entre le lycée et son travail, Cody est rarement à la maison.

L'idée de mettre sens dessus dessous la chambre d'un

ado et de voir sa mère du matin au soir – sans compter Abby – n'enchantait guère Melanie. Répéter « tout va très bien » sur tous les tons, ça ne marche qu'un temps. Elle aurait été incapable de le faire à longueur de journée. Certes, elle pouvait à peine se payer une chambre, mais si elle s'installait chez Abby, la vérité finirait immanquablement par éclater.

— C'est gentil, mais je serai très bien à l'auberge, merci. De toute façon, j'ai du travail et je risque de passer mon temps enfermée dans ma chambre. Je suis sûre que tu as des dizaines de détails à régler pour le mariage. Je n'ai pas envie de t'obliger à t'occuper de moi en plus.

Abby pencha la tête sur le côté et scruta le visage de sa petite sœur. Melanie tint bon et placarda un grand sourire sur ses lèvres. *Tout va bien, tout va bien.*

— OK, fais comme tu veux. Mais si jamais tu changes d'avis, tu sais qu'il y a assez de place ici pour toi, dit-elle finalement.

— Merci.

Melanie l'enlaça un instant.

— Tu es la meilleure, Abs.

Elles mirent la table ensemble, tandis que Jake tournait dans la cuisine en bourdonnant comme un avion, suivi de près par Dudley. Cody arriva quelques minutes plus tard, avec Dylan, le fiancé d'Abby. La dernière fois que Melanie avait vu Cody, il en était encore au stade de l'adolescent bougon, silencieux et en colère contre le monde entier. Aujourd'hui, c'est un jeune homme de dix-sept ans qui entra dans la maison, le sourire aux lèvres. Il embrassa sa mère, puis sa tante.

— Salut, tante Melanie. Le voyage s'est bien passé ?

Elle le dévisagea, stupéfaite. Cody parlait aux adultes, maintenant ? Toute la révolte adolescente dont elle se souvenait, lors de leur passage à New York, deux ans plus tôt, avait disparu. De toute évidence, le fait de s'installer à Stone Gap et d'ajouter Dylan à leur petite famille avait eu une bonne influence sur les garçons.

— Oui, très bien, merci, répondit-elle. Il paraît que tu travailles au centre communautaire, maintenant.

— Ouais. Dylan me fait faire un peu d'entretien, répondit Cody.

Son regard, comme celui de Jake tout à l'heure, était plein de fierté et d'une bonne dose d'excitation.

— Je l'aide aussi à organiser les entrainements de basket, poursuivit-il. Et on a prévu un marché à l'emploi, le mois prochain.

— Cody gère le centre presque tout seul, maintenant, dit Dylan avec un grand sourire en lui donnant une tape sur l'épaule.

Le fiancé d'Abby était un grand homme assez mince. Il avait les cheveux bruns et un sourire perpétuel au coin des lèvres. De toute évidence, il adorait Abby et les garçons, et Abby était folle de lui. Ça se voyait à la joie qui avait illuminé son visage dès son entrée dans la cuisine. Et tout homme capable de rendre sa grande sœur aussi heureuse recevait sans peine la bénédiction de Melanie.

Cody rougit et baissa la tête pour cacher son embarras.

— J'aide un peu, c'est tout…

— Et tu fais du super boulot.

Pendant que Melanie bavardait avec ses neveux et Dylan, Abby monta à l'étage.

Quelques minutes plus tard, elle redescendit.

— Maman ne se sent pas très bien, Mel. Elle demande si tu peux lui monter son assiette et rester discuter un peu avec elle. Je crois qu'elle a trop pris le soleil en descendant au centre-ville à pied avec moi. On a déjeuné dehors et on pensait faire un peu de shopping, mais…

Abby haussa les épaules.

— Mais maman a trouvé la rue trop bruyante, elle a eu trop chaud et tu as laissé tomber ? acheva Melanie à sa place. Ne t'en fais pas, je connais. Je vais lui apporter son dîner.

— Merci. Les derniers jours ont été un peu stressants

et ce soir… J'apprécie que tu y ailles. On va t'attendre pour manger tous ensemble.

Abby remplit une assiette de poulet rôti et de pommes de terre et la tendit à Melanie avec des couverts et une serviette.

— C'est la première chambre à droite.

— Merci.

Melanie ravala sa nervosité et monta lentement l'escalier pour affronter celle qu'elle considérait comme la plus redoutable des critiques.

Cynthia Cooper était une femme de caractère. Tous ceux qui la rencontraient repartaient convaincus de ça. Elle avait élevé ses deux filles seule car leur père était mort dans un accident de la route quand Melanie était encore bébé. Pendant des années, elle avait jonglé avec deux emplois pour nourrir sa famille. Elle avait surmonté son veuvage, ses problèmes financiers, la peur d'un cancer et bien d'autres problèmes sans fléchir. Pour le monde extérieur, elle était l'incarnation de la force. Pour Melanie, cette qualité était juste un voile pour masquer son ambition étouffante et son manque de tendresse.

Elle frappa à la porte restée entrouverte et entra dans la chambre.

— Salut, maman ! Je t'apporte ton repas.

— Il était temps que tu montes me dire bonjour, grommela sa mère.

Elle s'assit dans le lit et ajusta les oreillers pour se faire un dossier. Pour une femme de presque soixante ans, elle avait plutôt bien vieilli grâce à ses séances de yoga, sa collection de crèmes de nuit et l'attention pointilleuse qu'elle portait à chaque détail de ses tenues ou de ses coiffures.

Melanie posa l'assiette sur le plateau à fleurs qu'on avait laissé au bout du lit et plaça le tout sur les genoux de sa mère.

— Abby a fait du poulet rôti et des pommes de terre. Ça sent très bon !

— Avec un peu de chance, ta sœur n'aura rien fait brûler cette fois. Le repas d'hier soir était immangeable !

Cynthia secoua la tête, les lèvres pincées.

— Franchement, on dirait que vous n'avez rien retenu de ce que je vous ai appris, les filles…

Melanie se retint de répondre qu'il était difficile d'être attentive à une mère qui passait plus de temps à critiquer qu'à éduquer.

— Tout le monde n'est pas doué pour la cuisine, maman.

— C'est évident. Je suis sûre que tu es très douée pour commander des plats par téléphone, toi.

Nouveau hochement de tête sévère.

— Quel gâchis ! Surtout de nos jours où il est tellement facile de cuisiner chez soi !

Melanie s'efforça de sourire. Jamais elle ne gagnerait la bataille entre plats chinois à emporter et repas mijotés maison.

— Dis-moi plutôt comment tu vas, dit-elle.

— Mal… Cette chaleur va m'achever. J'ai hâte de rentrer dans le Connecticut : au moins, là-bas, la météo est supportable.

Elle soupira et s'éventa de la main.

— C'est étouffant, ici. J'arrive à peine à respirer !

Certes, il pouvait faire chaud en Caroline du Nord ; mais aujourd'hui, on avait à peine passé les vingt degrés et quelques nuages avaient apporté de l'ombre depuis le matin. Dans la chambre, un ventilateur tournait lentement au plafond et une brise légère entrait par la fenêtre, faisant voleter les rideaux ouverts.

— Bon, je vais te laisser manger, annonça Melanie.

À son grand désarroi, sa mère tapota le bord du lit d'un geste autoritaire.

— Reste. Prends le temps de parler à ta mère, pour une fois. Tu habites dans l'État voisin de celui où je vis et il faut que je descende jusqu'en Caroline du Nord pour te voir cinq minutes !

Melanie s'assit à l'extrême bord du matelas et réfléchit à un sujet de conversation qui n'appellerait pas de nouvelles critiques tandis que sa mère découpait un morceau de poulet et commençait à manger.

— Abby est très heureuse de se marier. Et Dylan a l'air d'être un homme vraiment bien.

Voilà, peut-être qu'en parlant du mariage de sa sœur elle empêcherait sa mère de trop s'intéresser à sa propre vie.

— Oui, il est beaucoup mieux que le crétin qu'elle a épousé la première fois, répondit Cynthia avec une moue écœurée. Bref, assez parlé d'Abby. Comment vas-tu, toi ? Est-ce que tu as enfin été nommée rédactrice dans ton journal ? Il serait temps, tu sais : pense à toutes les heures que tu as déjà sacrifiées pour ce travail.

— Euh, non. Pas encore de promotion. Mais je vais très bien.

— Et Adam ? Comment va-t-il ? Quand est-ce que vous allez me donner un petit-enfant, tous les deux ? Ta sœur a déjà deux garçons, elle…

— Je sais combien d'enfants Abby a, maman.

Depuis combien de temps était-elle dans la chambre ? Cinq minutes ? Déjà, sa patience atteignait ses limites…

— Je ne suis pas prête à avoir des enfants.

— Eh bien, tu devrais commencer à y penser plus sérieusement : tu ne rajeunis pas, tu sais. Et une fois que tu auras perdu ta fraîcheur, les hommes auront beaucoup moins envie de te faire un bébé.

Melanie bondit sur ses pieds et se fit violence pour plaquer un nouveau sourire sur ses lèvres.

— Ton repas va refroidir, si on discute trop longtemps. On parlera plus tard.

Genre dans dix ans, songea-t-elle en quittant précipitamment la chambre. D'ici là, elle aurait peut-être réussi à cocher toutes les cases qui lui attireraient enfin l'approbation maternelle.

Mais elle en doutait. Dès ses premières années, Melanie avait su qu'elle ne gagnerait jamais la compétition qui l'opposait à sa sœur. Et, si sa mère savait la vérité, elle serait même éliminée de la course – surtout maintenant qu'Abby avait tout pour elle.

Melanie retourna dans la salle à manger où régnait un joyeux désordre. Jake racontait à tout le monde sa journée à l'école, Cody lançait par moments quelques commentaires au sujet de son travail, Abby et Dylan remplissaient les blancs. Le chiot était assis près de la table et remuait la queue. Bref, dans toute la pièce résonnait l'heureux brouhaha d'une vie de famille épanouie.

Melanie était certes très contente pour sa sœur, qui méritait un homme bien après avoir quitté son épouvantable ex-mari – sur ce point au moins, elle était d'accord avec leur mère – mais une part d'elle était un peu jalouse. Peut-être les choses se seraient-elles mieux passées, si elle avait essayé de faire un enfant avec Adam…

Non, inutile de rêver. Ça ne menait à rien et ça allait devenir *stupide*. Adam avait fini par montrer son vrai visage, celui d'un salaud égoïste et infidèle. Le fait qu'il ait été mannequin aurait dû alerter Melanie ; elle aurait dû se douter dès le début qu'il serait plus narcissique qu'attentionné… S'ils avaient eu des enfants ensemble, ça n'aurait rien changé, sauf qu'ils seraient restés plus ou moins liés pour toujours.

Alors que là, Adam était définitivement sorti de sa vie et c'était tant mieux. S'il restait avec Cheri ou Shari, peu importe, il finirait sans doute par avoir plein de bébés avec des smileys sur les *i* de leurs prénoms…

Autrefois, quand elle avait dix-huit ans, Melanie avait imaginé un avenir avec un enfant. Et un mari. Un homme à l'opposé de celui qu'elle avait fini par épouser et qui, après lui avoir donné l'impression d'être la femme la plus spéciale de la Terre, lui avait brisé le cœur, détruisant l'avenir dont elle rêvait pour eux.

— Melanie, à quoi tu penses ?

Elle se secoua et se concentra de nouveau sur le repas.

— Désolée, je rêvassais.

Abby éclata de rire.

— Tu pensais au boulot, j'en suis sûre. Comment ça va, au magazine ? J'ai feuilleté le dernier numéro de *City Girl* en faisant mes courses mais je n'ai pas trouvé d'article de toi.

Elle se tourna vers Dylan et expliqua :

— Melanie écrit pour un magazine féminin. Je suis tellement fière d'elle : elle a travaillé dur pour obtenir exactement la vie qu'elle voulait.

— Oui, *exactement*…

Au chômage et avec un CV rempli d'articles frivoles. Le rêve de n'importe quelle fille, non ? Melanie avait écrit dès l'âge où elle avait su tenir un crayon. À une époque, elle avait pensé devenir un véritable auteur, de ceux qui écrivent sur des sujets importants, des choses que les gens lisent et retiennent. Pouvait-on vraiment dire que sept cent cinquante mots sur l'art de faire disparaître les cernes correspondaient à cette définition ? En sortant de l'université, elle avait accepté le premier travail qui s'était présenté et qui lui promettait un salaire raisonnable. Elle s'était convaincue que ça la rendrait heureuse et ça avait été le cas. Jusqu'à l'année précédente.

— Je n'avais pas d'article dans le dernier numéro parce que je… fais des recherches pour quelque chose d'important.

Des recherches pour trouver un boulot qui paie suffisamment et permette à une journaliste au chômage de régler enfin ses factures à temps. Même en sous-location dans un quartier modeste de New York.

Melanie avait mangé presque toutes ses économies en l'espace d'un an. Elle avait besoin d'obtenir le poste du quotidien d'informations d'ici la fin du mois si elle ne voulait pas passer dix ans à se nourrir de nouilles chinoises instantanées. Le rédacteur en chef lui avait dit : « Apportez-moi un papier digne d'être publié et je vous embauche. » Hélas, jusqu'à présent, Melanie n'avait pas encore trouvé de sujet capable d'intéresser un magazine d'infos en ligne.

— Dommage que tu n'habites pas ici, fit remarquer Dylan en se resservant du poulet et du pain. Saul Richardson, qui gère la *Stone Gap Gazette*, vient de perdre son seul journaliste. Il commence à vieillir et il est débordé par la rédaction de tous les articles, la maquette, l'impression et la distribution. Il cherche quelqu'un pour le seconder, mais il n'a encore trouvé personne.

Melanie écouta avec un intérêt soudain. Étant donné la taille de la ville, la *Stone Gap Gazette* avait sans doute moins de budget que *City Girl* et ses millions de dollars. Mais, d'un autre côté, la vie dans une petite commune de Caroline du Nord coûtait bien moins cher que la vie à New York. Si elle n'était pas intéressée par un travail permanent ici, elle pourrait peut-être obtenir quelques missions pour les deux semaines à venir – ne serait-ce que le temps de fêter le mariage et de voir Abby s'envoler pour sa lune de miel. Ça lui permettrait de renflouer un peu son compte en banque. Et de gagner du temps avant de devoir trouver une idée de génie pour séduire l'autre rédacteur en chef.

— Peut-être qu'il me laisserait écrire un article ou deux, dit-elle. Ce serait amusant de signer un papier dans le journal local, tant que je suis là…

Abby se pencha sur l'assiette de Jacob pour couper son poulet en petits morceaux.

— J'aimerais beaucoup voir un article de ma sœur dans la *Gazette* ! Je suis sûre que je serais capable d'en acheter cent copies pour montrer à tout le monde à quel point tu écris bien !

Melanie rougit. Sa sœur avait pris l'habitude d'acheter *City Girl* et lui faisait souvent des commentaires sur ses articles. Mais jamais elle ne se serait doutée qu'Abby, si accomplie, supérieure et toujours droite dans ses bottes, était aussi fière d'elle.

— Merci, Abs, dit-elle, gênée.

— Je suis contente que tu sois ici, c'est tout. Je ne pensais pas que tu pourrais te permettre de prendre autant de vacances d'un seul coup. Tu dois tellement manquer à Adam ! Adam est le mari de Mel, ajouta-t-elle à l'attention de Dylan.

— Je peux à peine supporter de quitter Abby pendant huit heures, alors huit jours ! répondit-il en échangeant un tendre regard complice avec sa fiancée. Mais bon, je suis encore en mode « futur marié fou amoureux »…

Abby éclata de rire.

— Tu es comme ça depuis qu'on s'est rencontrés.

Il la gratifia d'un sourire affectueux.

— C'est parce que tu es merveilleuse.

— Beurk ! Eh, il y a des enfants à table, interrompit Cody, non sans leur faire un petit clin d'œil.

Melanie n'avait jamais regardé Adam de cette manière, et lui non plus. Elle l'avait épousé parce qu'elle pensait que c'était la chose à faire après deux mois de relation sérieuse. C'était ce qu'on attendait d'eux, un barreau de plus à franchir sur l'échelle de la respectabilité.

Dylan fit passer la panière à Cody, et prit un nouveau morceau de pain pour lui.

— Un de ces jours, mon grand, tu tomberas fou amoureux d'une fille, toi aussi.

Cody regarda tour à tour sa mère et son futur beau-père.

— Ouais, peut-être.

Il y avait tant de bonheur dans cette maison, il y régnait une telle harmonie familiale, qu'y proférer des mensonges paraissait presque sacrilège. Mais Melanie ne savait pas comment faire autrement, elle ne pouvait plus se libérer de la toile de tromperie qu'elle avait tissée autour d'elle en un an. Les fables perpétuelles au sujet de son faux bonheur avec un mari déjà parti, de sa réussite dans une entreprise qui l'avait renvoyée… Tout était devenu si énorme que Melanie n'avait plus qu'à prier pour partir avant que la vérité 'éclate.

— Je ferais mieux d'aller récupérer ma clé à l'auberge, annonça-t-elle.

Elle se leva et porta son assiette à moitié vide sur le plan de travail.

— Désolée de te laisser en plan comme ça, Abs, mais je dois travailler sur un article, ce soir.

— Moi aussi, je suis désolée que tu ne puisses pas rester plus longtemps, répondit Abby en la serrant dans ses bras. Mais nous avons toute la semaine pour rattraper le temps perdu. Ça me fera tellement de bien de pouvoir échapper un peu à maman et aux préparatifs du mariage. Je te préviens, j'ai l'intention de passer *beaucoup* de temps avec toi, petite sœur. Je veux tout savoir de tes aventures à New York, des gens complètement fous que tu as pu interviewer et de ce qui se passe entre ton mari si sexy et toi !

Le sourire de Melanie vacilla un instant.

— Super programme, dit-elle.

Ce serait… intéressant, en tout cas. Un peu comme lire un roman sans avoir jeté un coup d'œil à la quatrième de couverture auparavant. Elle-même n'avait aucune idée de la manière dont l'histoire allait finir.

2

Le Comeback Bar était situé dans une petite rue du centre-ville de Stone Gap. De la musique country se déversait par la porte ouverte – en l'occurrence, une reprise plutôt réussie d'un tube de Blake Shelton. Le lieu paraissait accueillant, même si la façade aurait mérité un bon coup de peinture. Les boiseries grises étaient craquelées et leur couleur un peu passée. Il manquait quelques lettres à l'enseigne, au-dessus de la porte, et un poster délavé annonçait une grande fête du Nouvel an… qui devait être terminée depuis plus de deux ans.

Peut-être l'idée de Melanie n'était-elle pas si bonne que ça, en fin de compte. Hélas, dans une ville de la taille de Stone Gap, il n'y avait pas beaucoup d'endroits où aller boire un verre, le soir. Le choix se limitait au Sea Shanty, un établissement en bord de plage qui n'était ouvert tard que le vendredi, et au Comeback Bar. De toute façon, il valait mieux boire un verre ici plutôt que passer la soirée toute seule avec ses regrets dans sa chambre de la Stone Gap Inn. Ça viendrait après, quand elle aurait passé une heure ici et ne supporterait plus de rester sur son tabouret.

Sa décision prise, elle passa la porte du bar. Il faisait encore bon, presque chaud pour une fin septembre, mais Melanie avait quand même apporté un pull léger. La force de l'habitude, quand on vit dans la fraîcheur de New York.

Elle posa son cardigan sur un tabouret haut à côté d'elle et s'installa, accoudée au bar de bois vernis.

— Qu'est-ce que je vous sers ?

Un homme un peu grassouillet dans un T-shirt sur lequel était brodé le prénom Al glissa un sous-verre en carton près d'elle.

En dépit de ses boiseries vieillottes et de ses sièges en skaï craquelé, le bar proposait une impressionnante carte de bières artisanales, énumérées sur une ardoise accrochée au mur. Melanie en choisit une, ambrée.

— Vous êtes de passage ? demanda Al en penchant la chope sous le robinet.

— Je rends visite à ma sœur. Comment avez-vous deviné ?

Al la servit. Son gros visage était plutôt avenant sous sa barbe fournie et ses épais sourcils en bataille.

— Cette ville a la taille d'un mouchoir de poche. Quand quelqu'un que je ne connais pas entre dans mon bar, il y a neuf chances sur dix pour que ce soit un étranger. Vous logez à l'auberge ?

— Oui, je viens de m'y installer.

Comme la Stone Gap Inn était le seul hôtel à une trentaine de kilomètres à la ronde, Melanie n'avait pas eu le choix. Cela dit, elle aimait bien l'auberge avec son charme du Sud et ses fenêtres ouvrant sur les collines verdoyantes alentour. Plus encore, elle avait apprécié dès son arrivée la chaleur et la gentillesse de Della Barlow et Mavis Beacham, les propriétaires. D'après ce qu'on lui avait dit, Della et Mavis avaient acheté la maison environ un an plus tôt et l'avaient rénovée du sol au plafond. Elles avaient su apporter à l'auberge tout le confort moderne sans la priver de son charme désuet et en préservant l'authenticité de ce bâtiment vieux de cent vingt ans.

Abby lui avait aussi appris que l'ancienne Stone Gap Inn, un misérable hôtel défraîchi, avait fermé deux ans auparavant. C'était à ce moment-là que Della et Mavis avaient décidé de se lancer dans leurs travaux. Elles étaient amies avec les propriétaires de la première auberge, qui se trouvait de l'autre côté de la ville, et en avaient gardé non seulement le nom, mais aussi la clientèle. C'était apparemment une affaire rentable, car le nouvel établissement avait attiré dès son ouverture les habitués du vieil hôtel. Vu la beauté des rénovations, cette nouvelle Stone Gap Inn allait sans doute connaître un grand succès touristique. Entrer dans le hall était comme pénétrer dans un décor de film… Et c'était un changement rafraîchissant pour Melanie, qui vivait dans un monde de béton depuis des années.

— Vous serez bien, là-bas, je vous le garantis. Della et Mavis font du bon travail. Depuis qu'elles ont ouvert l'auberge, des tas de gens viennent en ville pour y séjourner. C'est bon pour elles, pour Stone Gap, et pour moi ! déclara Al en souriant. Tenez : voilà l'un de nos nouveaux résidents. Il n'est arrivé qu'il y a quelques jours, mais c'est déjà le héros de la ville…

Melanie se retourna sur son tabouret. Et resta pétrifiée.

Harris McCarthy se tenait à quelques mètres d'elle, métamorphosé et beau comme un dieu. Elle ne l'avait pas vu depuis au moins onze ans, le jour où il avait passé son cœur à la moulinette… Ils avaient grandi côte à côte dans le Connecticut et avaient fréquenté le même lycée. Après deux ans de relation sérieuse, à l'approche de la remise des diplômes, ils avaient même commencé à envisager un avenir ensemble. Puis, sans prévenir, Harris l'avait quittée. Le jour où elle aurait eu le plus besoin de lui. Il avait refusé de l'écouter ou de voir la vérité en face. Il s'était contenté de lui dire adieu et avait tourné les talons. Ce jour-là, elle s'était promis de ne jamais lui pardonner, de se protéger contre les ravages de son sourire… bien qu'elle n'ait pas le moindre espoir de le revoir un jour. Une main plaquée contre son ventre, elle fut envahie par un flot de souvenirs de cet été terrible. Que faisait-il *ici* ?

Soudain, elle se souvint de quelque chose qu'Abby lui avait dit en passant, quelques mois plus tôt. Harris était devenu entrepreneur en bâtiment et on l'avait engagé pour concevoir la maison d'un joueur de base-ball – ou quelque chose comme ça – en Caroline du Nord. Mais c'était l'année précédente… Le chantier devait être fini à présent !

— Bon sang ! lâcha-t-il avec un grand sourire. Melanie Cooper ? Je n'arrive pas à y croire ! Ça fait combien de temps qu'on ne s'est pas vus ?

— Un moment.

Onze ans, trois mois et deux jours. Mais qui comptait encore ce genre de choses ? Pas elle, en tout cas. Même si Harris lui avait brisé le cœur d'une manière si cruelle qu'elle avait cru ne jamais s'en remettre.

— Ma sœur m'a dit que tu construisais une maison dans la région.

— Oui, l'an dernier, répondit-il. Le projet a tellement plu que je… j'ai reçu des demandes d'autres personnes. Et me revoilà ! Je pensais juste m'offrir une petite bière.

Il sourit de nouveau et la partie de Melanie qui se battait pour oublier le passé fondit comme neige au soleil.

Il avait toujours eu un beau sourire. Le genre qui glissait sur son visage aussi facilement qu'une coulée de chocolat sur une boule de glace vanille. Au lycée, Harris était un vrai charmeur, délégué de classe et capitaine de l'équipe de football ; mais derrière ce vernis d'assurance, le garçon que connaissait Melanie était un peu timide, introverti. Beaucoup plus heureux avec un crayon et un carnet à croquis qu'avec un ballon.

— J'ai été étonnée d'apprendre que tu travaillais dans le bâtiment. Je croyais que tu voulais devenir expert-comptable.

— C'était le rêve de mon père, pas le mien, répondit-il un peu sèchement.

Il contempla un instant la bière qu'elle tenait à la main et ajouta :

— Je suis beaucoup plus heureux depuis que je travaille à mon compte.

Pourquoi Melanie lui parlait-elle ? Et depuis quand

s'intéressait-elle à sa carrière ? D'un autre côté, elle comprenait pourquoi Harris avait choisi de construire des maisons plutôt que de marcher dans les pas de son père. Il n'avait rien de ce que l'on imaginait quand on entendait le mot *comptable*. Il mesurait presque un mètre quatre-vingt-dix et avait des cheveux brun foncé ondulés qui retombaient sans cesse sur son front. Clairement, il n'avait pas non plus perdu son corps d'athlète depuis le lycée. Elle devinait ses muscles fermes sous son pull en V vert sombre et son jean confortable.

— Tu es venue pour le mariage d'Abby ? demanda-t-il.

Elle s'obligea à le regarder dans les yeux, ignorant tant bien que mal son torse puissant et ce pantalon qui épousait trop bien la forme de ses cuisses.

— Comment tu sais que ma sœur se marie ?

— Oh ! Harris sait tout ce qui se passe à Stone Gap, intervint Al en posant un second sous-verre sur le bar. Et depuis mardi soir, tout le monde connaît son nom, ici !

Le sourire amical d'Harris se figea un instant, remplacé par une moue distante.

— Je prendrai une blonde pression, s'il te plaît.

— Pas de problème.

Al remplit un autre verre et le lui tendit joyeusement.

— Tiens. Cadeau de la maison. Tu devrais lui raconter ce qui s'est passé, Harris. Ce que tu as fait…

— … est fait. Je préfère ne pas en parler, coupa Harris avant de lever son verre. Merci pour la bière, mais je *tiens* à la payer.

Quoi qu'il ait pu faire pour qu'Al le considère comme un héros local, Harris n'avait clairement pas envie d'en discuter. Et, bien sûr, ce mystère réveilla tous les instincts de journaliste de Melanie. Une bonne histoire se cachait là-dessous, le genre d'histoire que les éditeurs payaient très cher.

Peut-être même le genre d'histoire qui pourrait offrir un nouveau départ à une auteure au chômage…

— J'adorerais entendre ton récit, dit-elle en lui indiquant le tabouret d'à côté. Si jamais tu veux me raconter…

— Non merci. Mais je veux bien parler d'autre chose.

Il indiqua son cardigan d'un signe de tête.

— Tu attends quelqu'un ?

Une part d'elle crut discerner un soupçon de jalousie dans sa voix, mais elle devait se tromper. De toute façon, elle se moquait de ce qu'il pouvait penser d'elle, qu'elle soit seule ou avec le mari qu'elle prétendait encore avoir. Elle avait tourné la page. Définitivement.

— Il n'y a personne, pour le moment en tout cas, dit-elle en prenant soin de rester évasive.

Qu'il croie ce qu'il voulait. Elle récupéra son pull et l'étendit sur ses genoux. Harris s'assit, tourné vers elle.

— C'est sympa de te retrouver ici. Alors, qu'est-ce que tu as fait, ces dix dernières années, Mellie ?

Harris était la seule personne au monde à l'appeler Mellie. Il avait trouvé ce surnom pendant leur premier rendez-vous et il lui était resté. Il le lui avait même murmuré à l'oreille quand ils avaient fait l'amour pour la première fois et elle l'avait entendu jusqu'au jour où il l'avait quittée, la laissant désemparée, les larmes aux yeux. Ce simple mot, *Mellie*, réveillait tous ses souvenirs de baisers volés devant la salle de science, d'école buissonnière, d'après-midi passés dans les champs et de longues soirées à deux, allongés sur une couverture pour regarder les étoiles.

Melanie but une gorgée de bière pour s'accorder quelques secondes avant de devoir répondre. Le temps de remiser ces images au fond de sa mémoire et de se concentrer sur le présent. Le bar, et une chanson qui passait à la radio, parlant d'amour perdu et d'adieux larmoyants.

— Je travaille pour un magazine, à New York.

— Tu écris ? C'est super ! s'écria-t-il avec un hochement de tête approbateur. C'est la carrière idéale pour toi. Tu m'as toujours épaté avec tes dissertations. Et tu te souviens de ce devoir qui parlait de la guerre civile du point de vue d'une famille éclatée ? C'était extraordinaire…

— Tu te souviens encore de ça ?

— Oh ! je me souviens de beaucoup de choses, Mellie.

Elle plongea de nouveau le nez dans son verre mais cette fois, la bière ne lui apporta aucun réconfort. Elle sentit les battements de son cœur s'accélérer. Harris embrassait-il toujours aussi bien qu'au lycée ? Ou ses baisers étaient-ils devenus plus passionnés, plus excitants, plus doux, avec les années ?

Bon sang, elle commençait à débloquer ! Cet homme avait détruit sa vie, cet été-là. *Arrête de lui parler !*

— Et toi ? Tu as fait quoi pendant tout ce temps ?

— Je suis allé à l'université, j'ai décroché mon diplôme de comptable comme le voulait mon père et j'ai travaillé un moment au siège de PMA, à Greenwich.

Melanie hocha la tête en silence. C'était bien la vie à laquelle elle s'attendait pour lui : prendre la suite de son père à la tête de son entreprise florissante.

— Tu faisais quoi ? De la comptabilité pour les autres boîtes ou quelque chose comme ça ?

— Non, je travaillais comme consultant commercial. Un nom de code qui signifiait : aider les gros à manger les petits, éliminer la concurrence et faire grossir les profits. J'ai haï ce boulot dès le premier jour.

Il lâcha un petit éclat de rire amer.

— Bref, j'ai commencé à travailler à temps partiel pour un entrepreneur de bâtiment et j'ai découvert que le travail manuel me convenait mieux. Le gars pour qui je bossais m'a encouragé à me mettre à mon compte et le jour où j'ai rempli les papiers, je suis entré dans le bureau de mon père, j'ai démissionné et j'ai fait le grand saut dans l'inconnu.

— Waouh, c'était courageux !

Et pas très surprenant de la part du joueur de football qui avait assuré les victoires de son équipe deux ans d'affilée. Ou du garçon qui avait toujours eu une relation compliquée avec son père…

— J'ai compris que je ne voulais pas regretter mes

choix, un jour, reprit-il. Quand j'ai commencé à travailler pour mon père, ça m'a ouvert les yeux et j'ai su que je ne voulais pas finir comme lui. Amer. En colère contre le monde entier. Il m'en veut encore à tel point qu'il ne m'envoie même plus de carte pour Noël.

Harris haussa les épaules comme si ça n'avait aucune importance, mais Melanie n'avait pas oublié son père. Quand Phillip McCarthy chassait quelqu'un de sa vie, c'était pour toujours. Elle perçut une pointe de tristesse dans la voix d'Harris.

— Bref, voilà mon histoire. Aujourd'hui, je suis heureux de pouvoir gagner ma vie en faisant un travail que j'aime.

— C'est super. Vraiment. Je suis contente pour toi.

Éloigne-toi tout de suite. Arrête de lui poser des questions et ne regarde surtout pas son annulaire gauche.

— Merci, répondit-il en posant son verre sur le bar. Et toi ? Tu es mariée ? Tu as des enfants ?

— Pas d'enfants, non. Mais oui, je me suis mariée.

Harris baissa les yeux sur sa main, là où son alliance aurait dû se trouver.

— J'imagine que tu as divorcé.

Elle aurait pu mentir. Elle aurait pu lui dire qu'Adam voulait lui offrir une nouvelle alliance, ou n'importe quelle autre histoire qui aurait pu tout expliquer. Mais elle en avait assez de mentir. Ça avait déjà été suffisamment dur avec sa sœur. De toute façon, elle ne reverrait sans doute jamais Harris et il ne croiserait certainement pas le chemin d'Abby, alors à quoi bon lui raconter des histoires ?

— Oui, il y a un an. Mais je n'ai pas… annoncé la nouvelle à ma famille. Je ne voulais pas ternir le bonheur d'Abby, tu comprends.

Oui, c'était pour ça qu'elle avait été incapable de dire la vérité à sa sœur.

— Et toi ?

Il ne portait pas d'alliance non plus. Aucune femme ne vivait donc dans une merveilleuse villa avec lui ?

— J'ai failli, une fois, soupira-t-il. Mais non. Pas de femme, pas d'enfants.

Il avait *failli*. Quelle femme avait été assez bien pour lui donner envie de l'épouser ? Et en quoi ça la concernait, *elle* ?

— Tu restes longtemps à Stone Gap ?

— Jusqu'à ce que mon… projet soit terminé. Je dirais quelques semaines, tout au plus. C'est l'un des avantages de ce métier. Je travaille quand je veux et où je veux.

Il but une nouvelle gorgée de bière puis s'accouda au bar pour la regarder.

— Tu sais quoi ? J'adorerais te faire visiter la ville. C'est vraiment un endroit agréable. Je l'ai aimée dès le premier jour et je l'aime encore maintenant.

— Oh ! ça ira, merci…

Elle s'étouffa presque avec sa bière. Plus vite elle aurait terminé son verre, plus vite elle pourrait partir d'ici.

— Je vais avoir pas mal de choses à faire dans les jours qui arrivent : aider Abby à finir de préparer le mariage, et travailler. Tu sais ce que c'est avec les deadlines. On est toujours sur le feu.

Bon, elle n'avait pas tout à fait laissé tomber ses mensonges.

Harris posa une carte de visite sur le bar.

— Voilà mon numéro. Appelle-moi ou laisse-moi un message si jamais tu as du temps entre tes dégustations de gâteau, tes tressages de couronnes de fleurs, ou tout ce que font les demoiselles d'honneur d'habitude. J'aimerais beaucoup te revoir, Mellie.

Elle empocha la carte et se leva. Si elle restait plus longtemps, l'alcool qui lui montait déjà à la tête risquait de lui faire faire quelque chose qu'elle regretterait. Et elle avait déjà commis assez d'erreurs avec Harris.

— Profite de ton verre. On se croisera peut-être en ville.

Il sourit.

— Oh ! je suis sûr qu'on se reverra. Et très vite.

Elle secoua la tête fermement.

— Je ne pense pas. J'ai vraiment beaucoup de choses à faire, Harris.

— Al te l'a bien dit : il n'y a qu'un hôtel à Stone Gap…

Il s'interrompit un instant, attendant qu'elle comprenne le sous-entendu, puis reprit :

— Ce qui veut dire que nous logeons au même endroit.

Maudites petites villes ! Pourquoi n'y avait-il pas un motel crasseux, ou une chambre d'hôte quelque part ? N'avait-elle pas dépassé son quota de malchance ? Elle avait perdu son mariage, puis son boulot, et voilà qu'elle allait devoir passer ses vacances dans une charmante auberge avec son ex-petit copain.

Logeant tous les deux sous le même toit, ils allaient forcément se croiser tous les jours, dans les couloirs ou au petit déjeuner… Tant pis. Elle s'en sortirait. Après tout, cet homme lui avait brisé le cœur. Ce n'était pas comme si ses sourires et ses « Mellie » avaient le pouvoir de l'ensorceler de nouveau.

— Dans ce cas, on se verra peut-être en passant. Bonne nuit, Harris.

Elle tournait les talons, prête à partir, quand il la retint par le bras. En un éclair, toutes ses bonnes résolutions s'évaporèrent. Son pouls s'accéléra et son esprit la ramena dans les couloirs du lycée ou sous les étoiles du Connecticut.

— Ne pars pas tout de suite, Mellie, dit-il d'une voix douce. Prends une autre bière. On pourrait juste parler, comme autrefois.

Elle hésita un instant, puis reprit conscience de la médiocrité de son existence.

— Je ne suis pas là pour raviver les vieux souvenirs, Harris. Et le passé n'est pas aussi charmant que tu sembles le croire.

Elle enfila rapidement sa veste, l'obligeant à la lâcher, et sortit dans la nuit encore chaude. Étrangement, l'air lui parut soudain glacial et le ciel plus noir.

Le petit réveil, sur la table d'Harris, indiquait minuit passé. Sur l'écran, les chiffres se brouillèrent soudain. Il était assis là depuis trop longtemps, concentré sur son ordinateur, à essayer de chiffrer un devis pour l'un de ses prochains projets. De toute façon, il était incapable actuellement de se concentrer sur la maison qu'il allait devoir construire. Il ne pensait qu'à Mellie, à sa beauté éclatante et à cette envie dévorante de l'embrasser qui l'avait saisi dès qu'il l'avait vue.

Hélas, elle était restée distante avec lui. Pire encore, elle avait tout fait pour mettre fin à la conversation et s'échapper au plus vite. Bien sûr, leur rupture, onze ans plus tôt, avait été douloureuse pour elle ; mais l'espace d'un instant, il avait cru voir une étincelle briller dans ses yeux. La même que celle qui l'avait traversé, lui, à l'instant où il l'avait reconnue. Une étincelle qui ne s'était jamais vraiment éteinte.

Leur dernier rendez-vous était peut-être vieux d'une décennie, mais dès qu'il avait vu Mellie, il avait eu l'impression que le temps s'effaçait. Autrefois, dans leur petite ville natale, ils avaient vécu côte à côte et grandi ensemble jusqu'à devenir inséparables. « Comme des petits pois dans une cosse », avait un jour dit sa grand-mère. À l'époque, il passait chercher Mellie pour l'accompagner à l'école et toutes leurs soirées s'égrenaient au rythme de leurs interminables coups de téléphone, uniquement interrompus quand l'un de leurs parents leur criait de se coucher.

À présent, le simple fait de savoir que sa chambre se trouvait un peu plus loin dans le couloir suffisait à saper sa concentration. Il avait espéré la revoir à l'auberge quand il était rentré du bar, mais aucune lumière ne filtrait sous sa porte. Mavis, la charmante hôtesse afro-américaine qui tenait l'accueil pendant la nuit, lui avait confié que deux portes seulement séparaient la chambre Charleston où dormait Mellie de la sienne, baptisée Asheville. Une apparente proximité que démentait l'attitude de Mellie au bar et son départ sans le moindre regard en arrière. Ils auraient tout aussi bien pu se retrouver dans deux États différents !

Il se leva, s'étira, jeta un dernier regard à son ordinateur puis rabattit l'écran. Inutile d'essayer de travailler – et ce n'était pas uniquement à cause de Mellie. Ses retrouvailles avec la femme qu'il avait aimée autrefois étaient le cadet de ses soucis du moment. Et les torts qu'il avait à réparer n'avaient rien à voir avec les erreurs qu'il avait pu commettre au lycée. Il retenterait sa chance le lendemain, après une bonne nuit de sommeil. Peut-être aurait-il cessé d'être obsédé par Mellie à ce moment-là.

Il descendit dans la cuisine pour grignoter quelque chose en attendant le sommeil. En espérant aussi que la foule de regrets qui le perturbaient depuis aurait un peu reflué.

Une petite lampe était restée allumée au-dessus de l'évier, baignant la pièce dans un faible halo doré et plongeant le reste du monde dans une obscurité silencieuse. Ça avait quelque chose de magique. Harris avait toujours aimé la nuit, pleine de promesses pour le lendemain. Un nouveau départ. Une ardoise effacée. Ce genre de choses. Harris y croyait fermement – parce qu'il fallait bien que quelqu'un, dans sa famille, le fasse.

Il attrapa une bière dans le réfrigérateur et sortit sur la terrasse située à l'arrière de la maison. Deux rocking-chairs en bois étaient installés là, face aux magnifiques collines verdoyantes qui s'élevaient près de la ville et entouraient le lac de Stone Gap. L'obscurité transformait ce décor en un tableau abstrait et la lune se reflétait dans les eaux calmes du lac.

Une vague odeur de fumée et de bois carbonisé flottait encore dans l'air, dernier rappel du malheur qui avait frappé la ville quelques jours plus tôt. Et témoin éphémère du fameux acte d'héroïsme pour lequel toute la ville portait Harris aux nues. À chaque fois qu'il fermait les yeux, il se retrouvait dans cette maison, aveuglé par la fumée âcre, rendu sourd par le ronflement des flammes et les craquements des poutres au-dessus de sa tête. Il entendait encore les cris désespérés des habitants, leurs plaintes de plus en plus faibles, interrompues par des quintes de toux. La maison semblait sur le point de s'effondrer sur eux. S'il était arrivé deux minutes plus tard…

Mais non. Il était intervenu juste à temps et il en était reconnaissant au destin. La famille Kingston aussi n'avait eu que gratitude à son égard. Colton Barlow, qui était arrivé parmi les premiers avec le détachement de pompiers de Stone Gap, avait dit à Harris que toute la famille – et les voisins – avaient eu de la chance qu'il passe par là à ce moment précis. Bien sûr, Harris ne lui avait pas parlé du coup de téléphone de John et de sa voix pâteuse qui avait tiré la sonnette d'alarme dans sa tête. Il n'avait pas dit que c'était uniquement pour ça qu'il avait sauté dans sa voiture et traversé la moitié de la ville en pleine nuit.

Les Kingston et Harris n'avaient qu'une terreur : voir cette histoire faire la une de tous les journaux, entendre des reporters décortiquer les événements de la nuit et examiner chaque détail de leur vie à la loupe. Harris avait promis à John Kingston de faire tout son possible pour garder le silence sur leurs problèmes familiaux. Si jamais les médias s'emparaient du passé de John, ils finiraient tôt ou tard par assembler les pièces du puzzle ; et Harris ne pouvait pas les laisser faire. Ça détruirait tout ce qu'il avait tenté d'accomplir ces dernières années, et tout ce qui lui restait encore à faire…

John et sa famille étaient à présent en sécurité, dans la chambre d'amis d'un proche. Catherine et les trois enfants avaient déjà vécu trop d'horreurs. Harris avait donc lutté depuis mardi pour écarter la presse et minimiser l'incident. Il les avait protégés. Il avait protégé la vérité. Son père aurait appelé ça la stratégie du cache-misère, mais aux yeux d'Harris, les enjeux étaient bien plus importants que ça.

Il avait rencontré John l'année précédente, quand il était venu construire une maison dans la région : il s'était arrêté à son salon de coiffure pour une coupe. Tous deux avaient commencé à bavarder et une amitié était née peu à peu – chose qu'Harris n'avait pas connue depuis longtemps. Ils s'étaient vus très souvent pendant qu'il supervisait le chantier.

John avait également été là pour Harris quand ce dernier avait appris la mort de sa mère – seule chez elle parce que son père était encore parti pour un séminaire, ou quelque chose comme ça. C'est John également qui l'avait tiré du bar dans lequel il noyait son chagrin. Harris lui était redevable de cela ; ainsi que de beaucoup d'autres choses dont John lui-même ignorait tout.

Il y avait une explication à ces secrets. Ils protégeaient ceux qui ne méritaient pas d'être fauchés une seconde fois par les écarts de la famille McCarthy. Heureusement pour lui, Harris n'avait pas de mal à éviter l'attention des médias. Son travail restait la plupart du temps ignoré du public, parce qu'il choisissait des clients capables de préserver leur intimité au prix fort. De temps à autre, bien sûr, son entreprise était mentionnée dans un journal. Quelques reporters avaient fait le lien avec son père, d'autres pas. Pas très surprenant : le nom McCarthy était plutôt répandu dans le pays. Quoi qu'il en soit, moins on associait Harris à son père, mieux il se portait et plus il pouvait vivre en paix. Ça faisait beaucoup trop longtemps que son paternel essayait de contrôler chacune de ses décisions – depuis l'heure à laquelle il devait se coucher jusqu'au choix de l'université dans laquelle il irait étudier. Harris était prêt à tout pour que ça ne recommence jamais.

Sauf qu'une femme tout droit sortie de cet *autrefois* venait de faire une apparition surprise dans sa vie.

Comme si ça avait été écrit, la porte de la maison s'ouvrit au même instant et Mellie sortit sur la terrasse. Elle portait un pantalon de pyjama à carreaux bleus et blancs et un T-shirt gris clair qui se terminait juste au-dessus de sa ceinture, exposant une fine bande de peau au niveau de sa taille. *Ravissante. Vraiment ravissante.*

— Tu ne dormais pas non plus ? demanda-t-il.

Elle sursauta.

— Harris ! Je ne t'avais pas vu.

En quittant le Comeback Bar, Harris s'était promis de laisser un peu de temps à Mellie. Après tout, ils n'étaient plus ensemble depuis longtemps et il n'avait aucune raison de la voir plus souvent que nécessaire. Mais il était curieux. Il voulait en apprendre plus sur elle, sur sa vie, et ce fut ce qui le poussa à lui indiquer le second fauteuil d'un signe de tête.

— Viens t'asseoir un peu. Il fait tellement bon.

— Oh non, je ne devrais pas…

— Hé, tu ne dors pas, je ne dors pas. Essayons d'avoir une conversation ennuyeuse et de boire une tisane, comme ferait n'importe qui.

Elle rit.

— C'est ça que tu bois ?

— Sûrement pas ! Quand j'ai des insomnies, je préfère un remède plus viril, répondit-il en lui montrant sa bière.

— Ah, c'est mieux.

Elle hésita un instant, puis se laissa tomber sur le siège.

— D'accord, je reste un peu, mais juste parce que la vue est magnifique.

Il ne put retenir un petit gloussement.

— Ça me va.

Elle leva sur lui de grands yeux, plus lumineux que jamais.

— Harris, depuis tout à l'heure, tu fais des efforts pour réagir en ami mais tu sais aussi bien que moi que nous sommes tout sauf ça…

— C'est vrai.

Leur relation avait explosé en plein vol. Le père d'Harris lui avait dit qu'il venait de croiser Mellie avec un autre homme. Il n'avait pas voulu le croire, bien sûr, mais il avait tout de même sauté dans sa voiture et avait traversé leur petite ville pour se garer devant la maison de Mellie. Là, il l'avait vue en train de pleurer dans les bras d'un autre. Quand il l'avait accusée, elle n'avait même pas essayé de se défendre. Elle s'était mise à pleurer de plus belle en lui répétant que ce n'était pas ce qu'il croyait, mais ses yeux ne l'avaient pas trompé. Il était resté planté là, une bague de fiançailles dans la poche, et avait vu sa vie entière s'écrouler.

Leur rupture aurait pu le détruire. Il était jeune, amoureux – en tout cas, il le croyait. Et revoir Mellie, après toutes ces années, réveillait tous les sentiments qu'il avait voulu enterrer depuis onze ans.

— Je suis vraiment désolé que ça se soit terminé comme ça entre nous, dit-il.

Il était encore adolescent, capable de se mettre en colère en un clin d'œil et incapable d'écouter. Il s'était contenté de hurler que tout était fini et il avait tourné les talons. Quoi que Mellie ait pu lui faire, il regretterait toujours ce moment.

— J'aurais pu réagir un peu mieux que ça.

Elle haussa les épaules.

— Aucune importance. C'est du passé.

— Vraiment ?

Elle soutint un instant son regard, puis répondit :

— Nous ne nous sommes pas vus depuis plus de dix ans. Pendant ce temps-là, nous avons tous les deux eu des liaisons, je me suis mariée…

— Et tu as divorcé.

Quel genre d'homme était capable d'abandonner Mellie ? Soudain, il se rendit compte que c'était exactement ce qu'il avait fait, à l'époque. Après l'avoir vue dans les bras d'un autre sans qu'elle puisse se justifier. Elle l'avait trompé et ça avait sonné le glas de leur amour. Certaines relations n'étaient tout simplement pas faites pour durer.

D'un seul coup, elle se leva et se tourna vers le lac, dos à lui.

— Et depuis, nous avons chacun suivi un chemin différent, avec d'autres rêves, d'autres amis, dit-elle. Quoi qu'on ait pu partager au lycée, c'est fini depuis longtemps.

Il quitta son siège à son tour et s'approcha d'elle. Elle

se détourna imperceptiblement mais ne recula pas. Il baissa un instant les yeux sur ce petit bout de peau nu, à sa ceinture, puis contempla son profil. Elle était si belle, même avec sa queue-de-cheval vite faite et sans maquillage. Il n'avait compris à quel point elle lui avait manqué que lorsqu'il l'avait aperçue sur ce tabouret de bar, ce soir. Son infidélité qui l'avait tant blessé n'avait-elle été qu'une erreur de jeunesse, tout comme sa colère impulsive ? Ou y avait-il eu autre chose ? Est-ce que leur amour avait autant d'importance pour elle que pour lui ?

— C'est vraiment fini ?

Elle ne le regarda pas, obstinément tournée de l'autre côté.

— Harris, il est inutile de…

Il lui prit soudain le menton et l'obligea à lever les yeux, sans réfléchir. Puis, tout aussi vite, il la lâcha. Que faisait-il ?

— Désolé, je… Je ne veux pas de rancœur entre nous, c'est tout.

Elle acquiesça, les lèvres pincées.

— Très bien. On s'est excusés et maintenant, on va pouvoir aller se coucher, la conscience tranquille.

Si seulement c'était vrai ! Jamais la conscience d'Harris ne serait vraiment en repos. Toute sa vie, il serait hanté par les actes de son père, la tristesse de sa mère et les dominos qui ne cessaient de tomber. Il but une gorgée de bière et s'adossa contre la balustrade.

— Je ne sais pas pour toi, mais je n'ai pas sommeil.

Quelques minutes s'écoulèrent. Seuls les criquets et un rapace solitaire vinrent briser le silence.

— J'aime tellement la nuit…

— Je m'en souviens, oui, répondit-elle.

Est-ce qu'elle pensait au passé, elle aussi ? À leurs longues promenades dans les bois et aux après-midi de paresse au bord de la rivière ? Est-ce qu'elle pensait à ces instants où quelques mots à peine suffisaient à illuminer leurs journées ? Il l'avait tellement aimée ! Pourquoi donc s'était-elle tournée vers un autre homme alors qu'elle prétendait tenir à lui ? Avait-elle menti, depuis le début ? Ou bien avait-*il* été trop aveugle pour comprendre la vérité ?

— C'est presque magique, tu sais.

Dans sa jeunesse, il avait l'habitude de quitter la maison sur la pointe des pieds en pleine nuit pour savourer sa liberté sous les étoiles ; ce calme, cette délicieuse sensation de désobéissance.

— Quand j'ai un problème au travail, je sors souvent me promener la nuit. Ça m'aide à me vider la tête.

— Je le fais aussi, parfois.

Elle s'appuya contre l'un des piliers de la terrasse et dessina quelques arabesques sur le plancher du bout du pied.

— Alors, dis-moi, pourquoi as-tu choisi de te lancer dans la construction de maisons ?

Il haussa les épaules.

— C'était un bon moyen de combiner mon amour du dessin, des chiffres et du travail manuel. Un boulot qui rassemble tout ce que j'aime.

Il but une autre gorgée et lui renvoya la question :

— Et toi ? Pourquoi écrire dans un simple magazine ? Je croyais que tu voulais devenir reporter.

— Eh bien… Disons que ce travail n'est pas vraiment celui dont j'avais rêvé.

Elle soupira et son regard se perdit dans les profondeurs du lac.

— J'ai toujours voulu écrire sur des sujets importants, des choses capables d'émouvoir les gens.

Elle eut soudain l'air triste – presque perdu. La part du cœur d'Harris qui n'avait jamais vraiment cessé de l'aimer lui murmura de la prendre dans ses bras et de la serrer contre lui pour la consoler.

— Dans ce cas, tu devrais peut-être quitter le magazine et te concentrer sur ce que tu veux réellement écrire, non ? Je sais que c'est un grand risque : je l'ai fait en démissionnant de mon ancien poste. C'est terrifiant, mais crois-moi, ça en vaut la peine.

Elle eut un petit rire amer.

— Plus facile à dire qu'à faire, Harris. Je ne peux pas me permettre de tout lâcher pour repartir de zéro. Écrire des pages sur les dernières sandales à la mode pour l'été a été un moyen de payer mes factures.

« A été » ? Au passé ? Un lapsus accidentel, peut-être…

Il lui prit la main. C'était la seconde fois qu'il la touchait, ce soir, et un frisson familier le traversa.

— Dans ce cas, écris sur des sujets qui te passionnent, qui te donnent envie de te lever le matin. Je me souviens du bloc-notes que tu trimballais partout avec toi… Tu adorais écrire, raconter des histoires. Mais je ne retrouve plus cette excitation dans tes yeux, maintenant.

— Peut-être parce que je ne suis plus une gamine naïve. Je ne l'ai plus été depuis longtemps. Tu ne me connais pas, Harris. Tu ne sais pas ce que je suis devenue.

Elle se détourna et s'écarta brusquement de lui, brisant la magie de l'instant.

— Je… Je ferais mieux de remonter dans ma chambre.

À l'instant où elle allait ouvrir la porte, Harris lança :

— Tu te souviens de la fois où on est allés se baigner nus dans la piscine du lycée ?

Quoi ? D'où est-ce que c'était sorti ?

— Pourquoi tu me parles de ça ?

Il indiqua du menton l'immense étendue sombre du lac, au pied de la colline. Dans ses souvenirs, il entendait encore le rire de Mellie et revoyait l'éclat pâle de sa peau à l'instant où elle avait plongé. Elle l'avait presque mis au défi de la suivre, de se libérer enfin des chaînes qui l'emprisonnaient.

— Je pensais au lac, reprit-il. L'eau doit encore être bonne en cette saison.

Décidément, il cherchait les ennuis. Tout était fini entre Mellie et lui – pour une bonne raison. Qu'essayait-il donc de ressusciter, ce soir ?

— Il est hors de question que j'aille prendre un bain

de minuit avec toi, Harris McCarthy. Quelle que soit la température de l'eau.

Il ne put s'empêcher de glousser en entendant cette voix faussement offusquée, si digne. La Mellie dont il se souvenait aurait pris tous les risques, quitte à bondir du haut d'une falaise, pour obtenir ce qu'elle voulait. Elle avait toujours été beaucoup plus audacieuse que lui, le poussant à se libérer des entraves dans lesquelles son père l'avait enfermé depuis sa naissance. Après leur rupture, il lui avait fallu encore plusieurs années pour trouver le courage de dire « non » à son père et de tenter de vivre enfin sa vie à sa manière.

S'il était resté avec Mellie, aurait-il réussi à couper les ponts plus tôt ? Il avait passé tellement de temps dans l'entreprise familiale que les conséquences avaient… Pour faire court, Harris n'avait pas fini de réparer ses erreurs. Si leur relation avait été différente, si elle avait été ce qu'il avait *cru* qu'elle était, est-ce que ça aurait changé les choses pour lui ?

— Je suis d'accord, ça a été amusant… jusqu'à ce que le gardien nous surprenne. On a failli se faire renvoyer.

Mellie secoua la tête. Le petit sourire qui avait dansé un instant sur ses lèvres disparut très vite.

— C'est de l'histoire ancienne, tout ça. Pourquoi en parler maintenant ?

— Parce que je ne me suis jamais autant amusé qu'avec toi, Mellie. Et ça me manque.

Elle hésita et, l'espace d'une seconde ou deux, Harris eut l'espoir de voir tomber le mur qu'elle avait érigé entre eux.

— Je… Je ne pense vraiment pas qu'on devrait…

— Être amis ? Parce que je n'en demande pas plus, tu sais, interrompit-il.

Il aurait voulu lui dire qu'il venait de passer une semaine catastrophique et qu'il avait besoin d'un peu de compagnie. En particulier de celle de la femme qui avait toujours su le faire rire. Mais lui avouer tout ça l'obligerait à parler aussi de ce qui le souciait tant, de tout le poids qu'il traînait derrière lui, et il était hors de question qu'il le fasse. Ni maintenant, ni plus tard.

— Je suis juste descendue pour respirer un peu d'air frais. Une autre fois, peut-être, finit-elle par dire avant de tourner les talons et de disparaître dans l'auberge.

3

Le lendemain matin, Melanie poussa la porte de la *Stone Gap Gazette*. Il était à peine plus de 9 heures. La rédaction était installée dans un petit bâtiment, niché au bout d'une ruelle. La cloche de la porte tinta discrètement quand elle entra et le parquet grinça sous ses pieds.

Un homme aux cheveux gris, coiffé d'une casquette qui plongeait son visage fatigué dans l'ombre, se leva dès qu'il la vit.

— Puis-je vous aider ?

Elle plaqua un grand sourire sur ses lèvres et fit de son mieux pour ignorer le trac qui lui nouait l'estomac. Elle avait eu beaucoup d'entretiens durant les longs mois qui avaient suivi son renvoi. Et, des semaines durant, elle n'avait reçu aucun coup de téléphone, aucune offre. En dépit de ce qu'Harris lui avait affirmé la veille, elle commençait à se demander si la voix qu'elle avait suivie était la bonne. Tout ce qu'on lui avait proposé, c'était l'*éventualité* d'entrer dans un prestigieux journal en ligne – à la condition de prouver ses qualités de journaliste à la rédaction.

— Bonjour !

Elle sourit plus encore et décida de se passer des amabilités de coutume. Si elle devait essuyer un nouveau rejet, autant en finir vite.

— J'ai entendu dire que vous aviez besoin d'un auteur pour vous aider pendant une semaine ou deux.

— J'ai besoin de beaucoup plus que de ça, mais oui, un auteur expérimenté ne serait pas de trop ici. Je suis Saul Richardson, rédacteur en chef, journaliste et homme de ménage. Et vous êtes ?

— Melanie Cooper.

Journaliste au chômage qui espère ne pas se faire claquer la porte au nez, cette fois.

Ils échangèrent une rapide poignée de main, puis Saul prit le temps de l'examiner de la tête aux pieds par-dessus ses lunettes. Il ne faisait que quelques centimètres de plus qu'elle, se tenait un peu courbé – sans doute en raison des longues heures passées à son bureau –, mais son regard restait aussi clair et vif qu'un rayon laser.

— Est-ce que vous êtes une auteure expérimentée ?

Elle acquiesça.

— J'ai travaillé cinq ans pour le magazine *City Girl*, à New York. Si jamais vous voulez jeter un coup d'œil à mes articles, vous les trouverez dans les archives en ligne du magazine.

De nombreuses rédactions new-yorkaises avaient feuilleté son CV sans être impressionnées. Dans une aussi grande cité, les écrivains et journalistes ne manquaient pas – surtout ceux qui n'avaient jamais rien écrit de substantiel… Les parutions les plus sérieuses, comme le *Times* ou le *New Yorker*, n'avaient même pas pris la peine d'accuser réception de sa candidature. Peut-être était-ce ce qu'il lui fallait pour se remettre en selle : une petite ville où les auteurs restaient une denrée rare.

Saul la dévisagea encore un instant, puis acquiesça.

— Oui, je veux bien lire votre travail. Pourquoi est-ce que vous n'iriez pas boire un café en face, le temps que je me penche sur vos articles ? Nous verrons ensuite si vous avez ce qu'il faut pour travailler à la *Stone Gap Gazette*. Je sais que mon journal peut paraître bien humble aux yeux des gens, mais c'est mon bébé… Et je ne peux pas laisser n'importe qui y travailler.

Melanie gloussa. Elle aimait déjà Saul, avec son

orgueil, son amour pour son journal et sa prudence quand il s'agissait d'embaucher une journaliste. Ces quelques minutes avaient suffi à lui prouver qu'il serait sans doute un bon patron ; un homme passionné, intelligent et juste.

— Je vous comprends, dit-elle. J'ai été la rédactrice en chef du journal de mon lycée et je réagissais comme vous. Je vois bien que vous tenez à la qualité de votre contenu et à la réputation de votre journal. Je vous laisse lire mes papiers, et je reviendrai dans un petit moment.

Elle lui donna l'adresse des archives du magazine, puis traversa la rue pour pousser la porte du Mabel's Diner.

Comme presque toutes les boutiques de Stone Gap, le *diner* était un endroit coquet et accueillant, rempli d'habitués qui profitaient de la lumière de ce mercredi matin. Les serveuses parcouraient la salle dans tous les sens pour servir omelettes et cafés. C'était tellement différent de New York et de ses rues submergées par une perpétuelle foule de travailleurs en gris et noir. De ses cafés hors de prix où le moindre latte coûtait aussi cher que le « Petit déjeuner complet » chez Mabel.

Melanie s'installa sur l'un des deux tabourets encore libres, devant le comptoir et commanda un café accompagné d'une assiette d'œufs brouillés à la serveuse radieuse qui tenait le bar. Quelques secondes plus tard, un bel homme brun vint s'asseoir sur le dernier tabouret, à côté d'elle.

— Bonjour, dit-il avec un petit signe de tête amical. Vous n'êtes pas de Stone Gap, n'est-ce pas ?

Melanie éclata de rire.

— Est-ce que c'est écrit sur mon front ? Tout le monde me dit ça depuis que je suis arrivée. En général, la question d'après est…

— Vous logez à la Stone Gap Inn ? acheva-t-il pour elle. Je l'espère, parce que je suis Jack Barlow, fils de Della, l'une des propriétaires de l'auberge.

Il lui tendit la main.

— Je m'appelle Melanie. Ravie de vous rencontrer. Votre mère m'a parlé de vos frères et de vous quand elle m'a expliqué le détail des rénovations, au téléphone. Il semblerait que le nom de Barlow soit très connu en ville…

Sur ce point encore, Stone Gap était à l'opposé de New York – ou même de la grande ville du Connecticut dans laquelle elle avait grandi. Il n'était pas étonnant qu'Abby se plaise tant ici. Un tel décor était idéal pour sa sœur, si posée, et dont la vie tournait exclusivement autour de sa famille.

— C'est parce que mes frères et moi avons une certaine tendance à nous attirer des ennuis. Notre réputation nous précède bien souvent.

Il sourit.

— En tout cas, je vous souhaite un bon séjour chez nous.

— Merci. Je me sens très bien à l'auberge. Je n'ai pas encore rencontré votre mère, mais Mavis a été très accueillante.

La serveuse lui apporta son café et Melanie la remercia. Elle le sucra avant de verser une généreuse dose de crème dans sa tasse.

— Je ne suis là que pour une semaine ou deux. Je suis venue pour le mariage de ma sœur Abby.

— Abby et Dylan ? Ils sont adorables.

Jack but une gorgée de café, fit signe à quelques clients qui venaient d'entrer, puis se tourna de nouveau vers Melanie.

— Ma femme, Meri, doit faire les photos.

— Vraiment ? Ma sœur la porte aux nues. Elle dit qu'elle a sauvé le mariage quand il y a eu des problèmes d'organisation…

Elle savoura un instant la riche saveur du café fumant, puis ajouta :

— Cet endroit est vraiment petit…

Jack éclata de rire.

— C'est le moins qu'on puisse dire ! Tout le monde connaît tout le monde, ici, et nous nous entraidons. Prenez Dylan, par exemple : quand son oncle a eu besoin de lui, il n'a pas perdu un instant. Il a aussi fait des miracles pour le centre communautaire. Il a réussi à rendre l'endroit attirant de nouveau et tous les jeunes de la région viennent y passer leurs après-midi.

— C'est super.

Elle but une nouvelle gorgée, songeuse. Mettant de côté la vie parfaite de sa sœur, elle songea de nouveau au rédacteur en chef, de l'autre côté de la rue. Qu'allait-elle devoir faire pour l'épater ?

— Est-ce que vous pensez que le centre communautaire serait un bon sujet d'article pour le journal de Stone Gap ? Je dois passer un entretien avec le rédacteur après mon petit déjeuner et j'aimerais lui suggérer quelques idées.

Jack secoua la tête d'un air navré.

— Saul a déjà publié un papier sur le centre, le mois dernier. Et un autre au sujet des rénovations de l'auberge.

— Oh… Dommage.

Elle commençait à sentir les inconvénients de ne pas mieux connaître la ville : elle n'avait aucune idée de ce qui avait déjà été fait ou non, ici. Saul serait peut-être intéressé par des portraits de certaines personnes importantes de la ville, ou par une analyse de l'impact qu'avait eu l'ouverture de l'auberge sur l'économie de la région. Non, c'étaient des sujets ennuyeux, incapables de relancer sa carrière. Par contre, un papier sur un « héros local » lui offrirait sans doute la une et les gros titres… Aurait-elle réellement envie de gâcher un tel sujet en le cantonnant aux colonnes de la *Stone Gap Gazette* ? Non, absurde.

Jack demanda à la serveuse de le resservir, et but en silence pendant quelques minutes. Melanie en profita pour finir ses œufs. Il ne fallait surtout pas qu'elle laisse son optimisme retomber.

— Vous savez, reprit soudain Jack, il y a une histoire que Saul n'a pas encore couverte, et d'après ce qu'on dit ce n'est pas faute d'avoir essayé. Il s'agit de l'incendie de la maison des Kingston. Ce type de passage… Bon sang, j'ai oublié son nom ! Un entrepreneur en bâtiment, ou quelque chose comme ça… Bref, il s'est jeté dans la maison en feu et il a sauvé toute la famille.

Oui, en effet, c'était un pur acte d'héroïsme. Et l'étranger qui avait sauvé cette famille ne pouvait être qu'Harris McCarthy. D'ailleurs, le barman de la veille n'avait-il pas chanté ses louanges, lui aussi ? Mais Harris… Se jeter à corps perdu dans une maison en feu ? Vraiment ?

Au fond, ce n'était peut-être pas aussi incroyable. Le fait qu'il lui ait brisé le cœur et qu'il l'ait abandonnée au moment où elle aurait eu le plus besoin de lui ne voulait pas nécessairement dire qu'il était incapable de se comporter en héros. De très nombreuses années plus tôt, n'avait-il pas porté un chien blessé sur presque cinq kilomètres de terrain accidenté pour atteindre un cabinet vétérinaire ? Oui, il y avait de l'héroïsme en lui. Ce n'est pas le genre de qualité qui disparaît avec le temps – pas plus que les chagrins d'amour que l'on sème sur son passage.

Melanie se pencha un peu vers Jack, en faisant de son mieux pour ne pas avoir l'air trop excitée.

— On m'a vaguement parlé de cette histoire au Comeback Bar, hier soir…

— Oui, ça a fait du bruit dans toute la ville. De toute façon, cet endroit est si petit que n'importe quel fait divers devient un scoop, glousse Jack. Alors, un incendie ? Vous imaginez ? En général, quand ce genre de choses arrive, la famille s'affiche dans tous les médias et tout le monde s'empresse de donner des vêtements, de la nourriture. Mais les Kingston n'ont fait aucune déclaration. C'est vraiment bizarre.

En général, Melanie avait pu constater que les gens qui se taisaient ainsi avaient quelque chose à cacher. Et un secret bien gardé était exactement ce dont elle avait besoin pour prendre un nouveau départ professionnel… C'était le genre d'histoire qui lui donnait envie de se jeter sur son ordinateur dès le réveil. Le genre d'histoire qu'elle avait rêvé d'écrire quand elle était arrivée à New York. Si jamais elle arrivait à percer le mystère des Kingston à jour, elle pourrait enfin se rapprocher de sa vie idéale, restée jusque-là hors de portée…

Elle paya son petit déjeuner et termina son café d'une traite. La bonne vieille excitation à l'idée de mener des interviews, d'écrire, de travailler montait en elle comme un raz-de-marée. C'était la première fois depuis des années qu'elle ressentait une telle motivation.

— Merci pour l'info, Jack, dit-elle.

— De rien, c'était un plaisir. Et bienvenue à Stone Gap !

Elle sourit.

— Merci. C'est vraiment une ville sympa. Je ne sais pas trop à quoi je m'attendais mais tout ici semble si… chaleureux. Comme une cabane dans les bois, ou un cliché du même genre.

— Faites attention, tout de même. Stone Gap a ses pièges : si on n'y prend pas garde, on se retrouve un jour à faire la queue pour acheter un nouveau canapé et à planter des hortensias dans ses plates-bandes…

Melanie éclata de rire.

— Je ne suis pas du genre à planter des hortensias. Je ne fais que passer.

Le temps de reprendre ma vie en main.

D'ailleurs, avec ce nouveau scoop à explorer, elle commençait enfin à approcher du but !

4

Une heure plus tard, Melanie avait un travail à la *Stone Gap Gazette* et une mission : interviewer la doyenne de la ville. Elle avait aussi un plan pour la suite. L'impression d'être une ratée, qui l'avait suivie de près depuis son divorce et son licenciement, commençait déjà à s'alléger.

Bien sûr, ce nouveau boulot n'était ni celui dont elle avait vraiment besoin, ni celui qui chamboulerait sa vie, mais c'était un premier pas dans la bonne direction. Et puis, une fois que son CV se serait un peu étoffé, elle pourrait quitter le monde merveilleux du mascara waterproof et se lancer dans une carrière qui en valait la peine. Une carrière qui lui donnerait enfin l'impression d'employer sa plume pour faire le bien et non pas pour colporter des mensonges futiles.

Seulement, cette occasion avait un prix qu'elle n'était pas certaine de pouvoir payer, en dépit de sa première bouffée de confiance.

Le rendez-vous avait très bien commencé. Saul l'avait complimentée sur son travail pour *City Girl*.

— Bien sûr, ce n'est pas le genre d'articles que je publie, avait-il dit avec un petit rire. Cette ville se moque bien des dernières modes en matière de semelles compensées et de talons hauts. Mais vous avez un bon style. J'ai beaucoup aimé votre article sur les diplômés qui s'installent à New

York. Je trouve ce côté « chroniques d'une première année en ville » très réussi.

Elle s'était sentie rougir. C'était pour cette série d'articles qu'elle était restée à la rédaction de *City Girl*. Elle avait cru que l'idée plairait aux lectrices et que le magazine lui commanderait d'autres reportages du même genre. Malheureusement, une nouvelle rédactrice en chef était arrivée et le contenu des rubriques était lentement devenu de plus en plus futile. Quand Melanie s'était plainte de la bêtise et de la frivolité de ce qu'on lui demandait d'écrire, sa patronne lui avait simplement répondu :

« Dans ce cas, il vaudrait peut-être mieux mettre fin à notre collaboration. »

Et c'est ainsi que Melanie s'était retrouvée au chômage. Ce soir-là, elle était rentrée chez elle en nourrissant l'espoir qu'Adam parvienne à lever les yeux de son nombril pour la réconforter ou au moins lui servir un bon verre de vin et préparer le repas. Mais Adam n'était même pas là. Ni ce jour-là, ni la nuit qui avait suivi. Pas même pendant toute l'année qui avait précédé – ou le reste de leur mariage ! Adam n'était qu'un égoïste, qui faisait tout ce qu'il voulait. Si Melanie s'était laissé séduire, au début, c'était uniquement par son charme facile et ses moues vulnérables un peu boudeuses…

Le lendemain de ce jour terrible, Adam était rentré en fin de matinée et, sans même lui laisser le temps de lui annoncer son licenciement ou de lui poser la moindre question, il lui avait dit qu'il était amoureux de Cheri – avec un smiley sur le *i*.

« Elle me comprend, avait-il dit. Elle sait ce qui est important pour moi. Tu es beaucoup trop sérieuse, Melanie. »

Elle avait réussi à survivre à leur divorce éclair et à l'année qui avait suivi en faisant quelques missions en free-lance, en piochant dans ses économies et dans la petite pension alimentaire qu'Adam lui reversait ; mais elle commençait à toucher le fond, ces derniers temps…

Aussi, quand elle s'était assise en face de Saul dans ce

bureau qui sentait encore l'encre et le papier alors que la *Stone Gap Gazette* était passée à l'impression numérique depuis un certain temps déjà, elle avait aperçu pour la première fois depuis des mois la lumière au bout du tunnel.

— J'ai entendu parler d'un incendie. Il paraît que toute la famille a été sauvée de justesse, avait-elle dit. J'ai pensé que ça pourrait…

— Oh ! ça fait des jours que je me bats pour décrocher une interview, mais il n'y a pas moyen ! Pour l'instant, je ne vous en demande pas tant. Commencez par me montrer ce dont vous êtes capable. Je vais vous commander un papier sur Evelyn Ross : c'est notre doyenne et elle va fêter ses cent deux ans mardi prochain. Si vous m'envoyez votre article d'ici vendredi matin, je pourrai le glisser dans le prochain numéro.

Il lui avait donné l'adresse d'Evelyn et avait ajouté :

— Huit cents mots, et pensez bien à inclure ses conseils pour vivre vieux. Je vous paie à la tâche, cent dollars. Ce n'est pas grand-chose, je sais ; mais c'est déjà ça.

— Parfait. Merci beaucoup, monsieur Richardson !

— Appelez-moi Saul. Les seuls qui m'appellent « monsieur », ici, sont ceux qui ont quelque chose à vendre. Et puis, je n'aime pas trop les formules de politesse.

Il avait gloussé de nouveau.

Melanie s'était levée, le sourire aux lèvres. Après tous ces entretiens, tous ces CV, elle avait enfin – *enfin* – un boulot. En tout cas, quelques articles de commande. Une fois qu'elle aurait publié ces papiers plus sérieux et repris un peu confiance en elle, elle pourrait rentrer à New York pour relancer sa carrière. Là, et seulement là, elle avouerait à Abby ce qui s'était vraiment passé depuis un an. Elles riraient ensemble et Abby comprendrait que sa petite sœur n'avait plus besoin qu'on s'inquiète pour elle.

— Merci encore, Saul. J'apprécie ce que vous faites.

Elle avait déjà rejoint la porte quand il l'avait rappelée.

— Vous savez, je me disais…

— Oui ?

— Je pensais à ce que vous disiez tout à l'heure. Peut-être que vous *pourriez* couvrir cette histoire d'incendie. Vous êtes nouvelle en ville, bien décidée à découvrir ce qui s'est passé ce soir-là… Peut-être que vous auriez plus de chance que moi de convaincre les Kingston de parler. J'ai bien essayé, mais ils verrouillent la porte dès qu'ils me voient arriver. Toute la ville ne parle que de ça, à part la famille et le type qui les a sauvés. Harry ? Harvey ?

— Harris.

Saul l'avait dévisagée un instant d'un air intrigué.

— Vous le connaissez ? Cet entrepreneur ?

— Euh, oui… Un peu…

J'étais folle de lui et, quand il me sourit, je perds toute ma concentration. Oui, disons que je le connais un peu…

— Si vous décrochez ce scoop, vous rendrez tous les journaux des comtés voisins jaloux. Mieux, *nous* les rendrons jaloux. Ce genre d'histoire ferait bien remonter nos abonnements, et Dieu sait si j'en ai besoin ! Tout le monde aime les drames qui finissent bien. Ce genre de reportage pourrait même vous ouvrir les portes du *Charlotte Observer*.

Il l'avait encore regardée un instant, comme s'il la jaugeait, puis avait soupiré.

— Parce que je devine bien que vous n'êtes pas le genre de femme à vous contenter d'une existence dans une petite ville comme ça.

— Eh bien, je…

Elle n'avait pas su quoi répondre. Si elle admettait que ce travail n'était qu'un tremplin pour elle, Saul refuserait sans doute de lui commander d'autres articles et ça gâcherait tous ses projets. Son second départ s'essoufflerait à peine commencé.

— Ce n'est pas grave, avait-il ajouté avec un sourire. Moi aussi, j'ai rêvé de plus grandes choses, autrefois. Jusqu'à ce que je tombe amoureux et que je m'installe dans cette petite ville somnolente. Stone Gap m'a offert beaucoup de choses et je ne regrette rien.

Melanie s'était contentée de sourire, un peu gênée.

— Quoi qu'il en soit, je suis ravi d'avoir un peu d'aide, même si c'est temporaire. Dieu pourvoira au reste en temps voulu.

Melanie avait des doutes sur cette fameuse aide venue d'en haut, mais elle n'en avait rien dit.

— Merci pour tout. Vous pouvez compter sur moi, Saul.

Seulement, à présent qu'elle redescendait Main Street à pas lents, elle n'était plus si certaine que Saul ait bien fait de miser sur elle. Écrire un portrait de la doyenne de la ville ne serait pas un problème. Se rapprocher suffisamment de Harris pour le pousser à parler d'un sujet aussi sensible, par contre…

Pas facile du tout. En particulier parce que la présence d'Harris en elle-même posait d'autres problèmes. Déjà, son image dansait devant ses yeux. Elle se souvenait du contact de sa main, la veille, et du désir qui s'était éveillé en elle. Elle se souvenait de la douceur de ses baisers d'autrefois, des caresses qui lui manquaient toujours autant. Rien n'avait disparu, pas même la douleur déchirante de leur séparation.

Non, pas facile du tout.

Elle passa la porte de la pâtisserie Chez Betty, une jolie petite boutique nichée entre une brasserie et un petit jardin public aménagé en l'honneur d'un soldat de la ville mort au combat. Au bas du panneau d'entrée du parc, elle lut l'inscription :

CONSTRUIT PAR JACK BARLOW

Ça ne la surprit pas. L'homme qu'elle avait rencontré le matin même avait l'air de beaucoup tenir à sa ville et semblait bien du genre à exprimer sa reconnaissance de manière visible. Peut-être que c'était pour ce genre de choses que tout Stone Gap avait pardonné aux frères Barlow leurs erreurs de jeunesse. Encore un de ces détails qui lui faisaient ressentir la différence entre cet endroit et New York.

Abby était assise seule à une petite table de fer forgé peinte en blanc, au milieu de la pâtisserie. Quelques assiettes et couverts avaient été déposés près d'elle.

— Te voilà ! s'écria-t-elle quand elle vit Melanie. Je commençais à m'inquiéter.

Elle posa son sac par terre pour faire de la place à sa sœur sur la chaise voisine de la sienne.

— Désolée, j'avais un rendez-vous avec le rédacteur en chef du journal. Il m'a commandé quelques articles pendant mon séjour.

— Vraiment ? C'est super ! Mais… Tu es déjà tellement occupée. Tu es sûre que c'est une bonne idée de prendre du travail en plus ?

Elle posa doucement la main sur sa joue.

— Tu travailles tout le temps et je m'inquiète pour toi.

Melanie couvrit sa main de la sienne. Si seulement Abby avait conscience du peu de travail qu'elle avait accompli depuis un an…

— Tu as déjà bien assez de soucis pour les deux semaines à venir, voire plus longtemps ! Le mariage, maman, tes gamins, ton boulot. Laisse-moi m'occuper de mon emploi du temps toute seule, d'accord ?

Les murs de la salle de dégustation étaient tendus de shantung rose et blanc. Des strass brillaient au bas des rideaux, sur les meubles, sur les fausses tiares au centre des tables. Ce n'était plus une pâtisserie mais une suite nuptiale.

— En parlant de ça, où est maman ? Je croyais qu'elle devait venir.

Au même instant, la porte de la boutique s'ouvrit et leur mère entra d'un pas vif.

— Seigneur, la chaleur ne s'en va jamais dans cette région ?

Melanie préféra ne pas relever – une fois de plus – ou lui faire remarquer que, comme la veille, le thermomètre avait à peine passé la barre des vingt degrés. Elle se contenta de placer une troisième chaise entre Abby et elle.

— Ne t'en fais pas, le gâteau te redonnera le sourire.

— Seulement s'il est bon, répondit Cynthia sans prendre la peine de chuchoter. J'ai connu des pâtisseries qui semblaient avoir recruté le personnel à la sortie d'un fast-food. Atroce !

— Ils font du très bon travail ici, maman, la rassura Abby. J'ai rencontré les patrons, des gens adorables.

— On verra bien. Vu les tarifs, ils ont intérêt à être à la hauteur.

Abby et Melanie échangèrent un regard discret. Abby semblait partagée entre l'espoir et la frustration. Melanie croisa les doigts sous la table. Avec un peu de chance, leur mère adorerait tellement les gâteaux qu'elle oublierait un instant de se plaindre et de tout critiquer.

Et peut-être la lune allait-elle se changer en grosse pièce d'or !

Une femme un peu rondouillette, ses cheveux gris rassemblés dans un chignon serré, entra dans la pièce les bras chargés d'échantillons de gâteaux posés sur des serviettes en papier.

— Bonjour, Abby et Cie ! Vous devez être la mère de la mariée, et vous, la charmante demoiselle d'honneur dont j'ai tant entendu parler.

Elle posa ses assiettes et serra les mains de Cynthia et Melanie.

— Je suis Betty, la propriétaire de la pâtisserie, et femme du patron de la brasserie, à côté.

Melanie sourit. C'était si mignon : mari et femme qui possédaient des boutiques voisines. Ça leur permettait d'être tout le temps ensemble, sans *être* ensemble. Jamais elle n'aurait pu imaginer avoir une relation aussi intime avec qui que ce soit. La seule chose qui avait permis à son mariage de tenir aussi longtemps, c'était qu'Adam et elle étaient rarement au même endroit, au même moment. Il voyageait presque tout le temps et chacun de ses retours avait un petit goût de lune de miel. Il avait fallu qu'il passe plusieurs mois d'affilée en ville pour qu'elle comprenne qu'ils n'avaient presque rien en commun. Il était si charmant, avant leur mariage, et les petits moments d'intimité dont ils avaient pu profiter entre ses contrats étaient si romantiques… et courts. Sans doute parce qu'une semaine en tête à tête aurait permis à Melanie de comprendre quel genre d'homme Adam était vraiment.

Chassant ces souvenirs pénibles, elle préféra se concentrer sur une des rares choses au monde qui ne la décevaient jamais : les gâteaux. La table était à présent recouverte d'échantillons – *white cake*, gâteau au chocolat, quatre-quarts… Melanie plaqua une main sur son ventre et saliva d'avance.

— Mon Dieu, ils ont tous l'air si bons !

— Je crois que c'est ce que je préfère dans la préparation d'un mariage, jusqu'à présent, répondit Abby.

Armée d'une fourchette, elle s'attaqua à la première part. Betty leur expliqua que c'était une génoise à la vanille fourrée à la framboise. Melanie, elle, opta d'abord pour un gâteau au chocolat et caramel.

Elles firent circuler les assiettes, goûtant tour à tour tous les échantillons. Cynthia se contenta de toutes petites bouchées, sans faire le moindre commentaire. Betty, elle, s'ingéniait à meubler chaque silence gêné d'anecdotes sur des mariages catastrophiques – dont celle d'une mariée qui était tombée dans la piscine de l'hôtel en remontant le pont temporaire qu'on avait installé au-dessus de l'eau pour la cérémonie. Bientôt, Abby et Melanie riaient aux éclats et la crispation de leur mère avait presque disparu. Presque.

Melanie était un peu triste pour sa sœur. Elle voyait bien la déception assombrir son visage à chaque fois qu'elle coulait un regard en direction de leur mère. Elle avait sans doute rêvé d'une maman enthousiaste et impliquée dans le mariage de sa fille, mais l'histoire leur avait déjà fait comprendre que ça n'arriverait jamais. Elle n'avait pas été très présente avant le premier mariage d'Abby et avait prétendu que New York était trop loin pour qu'elle puisse participer aux préparatifs de celui de Melanie. Toute leur vie durant, même si elle avait été là pour assister à leurs succès, elle n'avait jamais eu l'air fière ou simplement contente pour elles. Pourquoi espérer que ça change *maintenant* ?

Abby finit par réduire le choix à deux options : le gâteau vanille-framboise et un autre au beurre de cacahuète recouvert de ganache au chocolat.

— Je n'arrive pas à me décider, soupira-t-elle. Je les aime tous les deux !

— Dans ce cas, on peut faire un gâteau à deux étages avec les deux parfums, suggéra Melanie. Comme ça, tu ne te priveras de rien. Après tout, c'est *ton* mariage ! Vois les choses en grand… au moins pour le gâteau.

— Très bonne idée, renchérit Betty en prenant note de la commande. Je peux sans problème faire deux étages différents.

Melanie commença à rassembler les assiettes vides. Elles avaient fait plus que goûter : elles avaient dévoré chaque échantillon jusqu'à la dernière miette.

— Deux parfums ? Ça va coûter beaucoup trop cher ! lâcha soudain leur mère. Tu te souviens de cette monstruosité, à ton mariage, Melanie ? On a fini par en jeter la moitié. Un vrai gâchis. Dis-lui !

Bon, d'accord, peut-être que le gâteau qu'elle avait choisi pour son mariage avec Adam était un peu trop extravagant ; comme beaucoup d'autres préparatifs que sa mère avait longuement critiqués à l'époque. Longtemps après le règlement de la dernière facture, Melanie avait compris qu'elle avait passé les semaines précédant la cérémonie à se soucier de ses montagnes de fleurs et de son gâteau gigantesque au lieu de se concentrer sur l'erreur magistrale qu'elle était sur le point de faire. Sa sœur, en revanche, ne s'apprêtait pas à commettre une erreur. Dylan était clairement très amoureux d'elle, il aimait ses fils et, dans l'ensemble, c'était un type formidable. Si Abby voulait un gâteau à dix étages avec des automates plantés dessus, c'était son droit !

— Il s'agit du mariage d'Abby. Je pense que c'est à elle que revient le dernier mot.

Elle tendit les assiettes à la propriétaire et Abby lui prit soudain la main au passage.

— Mel ! Où est ton alliance ?

Melanie se figea. Elle avait complètement oublié son alliance. Le jour du départ d'Adam, elle l'avait jetée au fond de son coffret à bijoux et ne l'en avait sortie que le mois précédent – quand elle l'avait vendue pour payer ses factures. La pension alimentaire qu'on lui avait accordée était ridicule, principalement parce que le mariage n'avait pas duré et parce que Adam était censé « batailler pour lancer sa carrière ». Elle avait aussi un travail, au moment du divorce, et son salaire avait pesé dans la balance. À présent, il ne lui restait plus rien : ni salaire, ni alliance, ni économies.

— Je… Je l'ai oubliée à la maison.

Abby fronça les sourcils.

— Tout va bien entre Adam et toi ?

Si Melanie attendait une occasion d'avouer enfin la vérité, c'était le moment idéal. Dire enfin à voix haute : « En fait, rien ne va en ce moment. » Elle ouvrit la bouche, mais sa mère fut plus rapide qu'elle et s'exclama :

— Bien sûr que tout va bien ! Melanie s'est *enfin* installée avec un homme charmant qui a une bonne situation. Il lui aura fallu bien longtemps pour se reprendre en main, d'ailleurs. Je suis tellement heureuse de voir que vous réussissez vos vies, toutes les deux.

Et elle gratifia Melanie d'un sourire. Son premier vrai sourire depuis qu'elle était arrivée. La petite fille qui vivait toujours en Melanie, qui cherchait depuis sa naissance le moindre signe d'approbation dans le regard de sa mère, la poussa à acquiescer et à se taire.

Trouillarde.

Harris glissa les plans de la reconstruction dans la poche de sa veste, remercia l'inspecteur de l'urbanisme et sortit sur Main Street. Il avait engagé un chauffeur de poids lourd et quelques hommes solides puis avait passé la matinée sur l'ancienne propriété des Kingston. Il avait d'abord évalué les dégâts, avant de mettre en place le planning de la démolition et de la reconstruction. L'incendie avait presque tout détruit, mais les pertes matérielles se remplacent toujours. Harris avait déjà créé un fonds de soutien à la banque de Stone Gap parce que les habitants de la ville tenaient à aider les Kingston. Il cherchait aussi une location pour la famille, pas très loin de l'école, pour qu'ils puissent enfin quitter la chambre d'amis trop petite qui leur servait actuellement de refuge. La bonne nouvelle, c'était que le plan de leur future maison était presque approuvé. Dans quelques jours, la commission de l'urbanisme se réunirait et, avec un peu de chance, tout se passerait bien.

Harris s'inquiétait plus de l'état émotionnel de John. Il avait essayé d'appeler son ami plusieurs fois, mais tombait presque toujours sur le répondeur. Pendant toute la journée de la veille, il était resté dans son coin. Seul et déprimé. Harris savait que John se sentait responsable de l'incendie, mais il savait aussi que la vraie faute incombait à quelqu'un d'autre…

Il jeta un nouveau coup d'œil à son téléphone. Pas d'appel manqué ou de texto. Il appela une fois de plus et tomba directement sur la messagerie – encore.

La culpabilité le rongeait de plus en plus. Il aurait dû faire plus attention à son ami dans les jours qui avaient précédé l'accident. Il aurait dû répondre quand John l'avait appelé un peu plus tôt dans la soirée. Quelle erreur de croire que tout allait bien ! Une mauvaise nouvelle de trop, et John avait basculé de l'autre côté de la fragile barrière qui l'avait retenu jusque-là…

Harris soupira et rangea son téléphone dans sa poche. Peut-être John avait-il seulement besoin d'un peu de temps pour digérer tout ce qui venait de lui arriver. Ou peut-être valait-il mieux qu'Harris garde ses distances avant que son père apprenne ce qu'il faisait dans son dos.

Depuis des années, Harris essayait de réparer les torts du passé. De réparer certains dégâts causés par son père et ses choix professionnels implacables. Il avait besoin de se faire pardonner ses erreurs. Mais la liste était longue et, à un moment ou à un autre, quelqu'un allait finir par tout comprendre. Ce jour-là, tout ce qu'Harris avait fait en secret pour panser les blessures du passé serait étalé aux yeux de tous.

Au fond de lui, il savait bien que toutes ces terribles décisions n'avaient pas été les siennes. Mais s'il n'avait pas été juge, il avait été bourreau, ce qui voulait dire qu'une lourde responsabilité pesait tout de même sur ses épaules. Jamais son père ne lèverait le petit doigt pour se racheter. Harris, lui, le pouvait, et il ne se ménageait pas.

Hélas, ce n'était pas encore suffisant. Jamais il ne pourrait se débarrasser complètement de cette gangue de culpabilité.

D'un seul coup, il vit la porte de Chez Betty s'ouvrir et Melanie en sortir. Aujourd'hui, ses cheveux sombres étaient lâchés et leurs longues ondulations coulaient sur ses épaules, jusqu'au creux de ses reins. Elle portait un jean et des bottines noires à talons qui la rendaient plus élancée. Son simple T-shirt blanc disparaissait sous une veste de cuir couleur caramel – une de ses préférées à en croire son usure et sa patine. Elle avait l'air sexy… et dangereuse en même temps.

Harris songea à cette soirée, sur la terrasse arrière de l'auberge. Il avait été à deux doigts de l'embrasser, et il en avait toujours autant envie. C'était comme si une partie de lui oubliait obstinément qu'elle l'avait trompé, trahi ; comme s'il avait refoulé la douleur qui l'avait poursuivi pendant des semaines après leur rupture.

Que se passerait-il s'ils s'accordaient une nouvelle chance, maintenant qu'ils étaient adultes ? Débarrassés de leur immaturité adolescente ? Est-ce que leur relation pourrait être plus nuancée ? Plus riche ? Plus forte ? Ou bien se laissait-il simplement séduire par de vieux souvenirs idéalisés ?

Avait-il à ce point envie de savoir si ses caresses avaient encore le pouvoir de l'apaiser, comme autrefois ? À l'époque, Mellie était la seule personne capable de lui faire oublier le reste de sa vie, au moins le temps d'un rendez-vous. Oublier qui était son père. Oublier les attentes, les ambitions de sa famille. Oublier l'amertume qui le suivait partout comme son ombre.

Au lieu de lever les yeux dans sa direction, Mellie prit à gauche et entra dans le parc. Harris avait passé de nombreux après-midi au jardin Eli Delacorte, un magnifique petit sanctuaire bâti par Jack Barlow en mémoire d'un de ses amis mort à la guerre. On était en pleine semaine et les gamins de la ville étaient à l'école. Seules quelques jeunes mamans discutaient près du banc du fond, leurs poussettes près d'elles. Les jeux colorés installés pour les enfants plus grands étaient vides. Melanie se laissa tomber sur la grande roue métallique grise et rouge, s'appuyant contre l'une des poignées rayées qu'on tenait quand la roue tournait. Elle se prit la tête dans les mains et Harris sentit son cœur se serrer.

— Hé… Tu vas bien ?

Elle sursauta au son de sa voix.

— Tu te promènes toujours en mode furtif ? C'est la troisième fois que tu me fais le coup !

— Désolé.

Il s'assit sur la roue, à côté d'elle. Seule la poignée rigide les séparait. Sous le poids d'Harris, la roue se mit à tourner imperceptiblement.

— Tu avais l'air perturbée. Quelque chose ne va pas ?

Elle haussa les épaules.

— Juste gérer ma mère. Ou plutôt, regarder Abby essayer de supporter ses critiques. Rien n'est jamais assez bien pour elle, et les rares choses qui la satisfont…

Elle s'interrompit. Clairement, un poids lui pesait sur le cœur. Sa mère avait toujours été sévère et trop dure avec elle, et grâce à son père, lui-même savait à quel point on pouvait en souffrir.

— Tu veux qu'on en parle ? proposa-t-il.

Que faisait-il ? C'était la femme qui lui avait brisé le cœur. La femme qu'il avait rêvé d'épouser autrefois, avant de la voir dans les bras d'un autre. La femme qu'il avait juré de ne plus jamais revoir, parce que tout était fini entre eux. Pour toujours. Certes, ils avaient discuté la veille, mais Harris s'était interdit d'aller plus loin. Et pourtant, il était là. Assis à quelques centimètres d'elle. Les poings serrés pour ne pas l'enlacer. *Masochiste*.

— Parler n'a jamais rien changé, dit-elle froidement avant de se lever.

Elle chassa quelques grains de poussière imaginaires de son jean, traversa le petit terrain de jeux et s'adossa contre l'échelle du toboggan.

Harris la rejoignit et s'appuya contre le métal froid à son tour. Ils restèrent immobiles, côte à côte. Le silence tomba sur le parc, interrompu de temps à autre par le gazouillis d'un oiseau ou le passage d'une voiture dans la rue. Si Mellie ne voulait pas parler de ce qui la bouleversait tant, Harris n'allait certainement pas lui forcer la main. Il avait déjà bien assez d'ennuis, de soucis à balayer sous le tapis. En particulier, une histoire avec son père qui devait à tout prix rester secrète à cause de son propre rôle dans l'affaire.

D'un seul coup, Melanie se redressa et se campa devant lui d'un air décidé.

— Tu as proposé que nous sortions ensemble, la dernière fois. Est-ce que ton offre tient toujours ?

Il la dévisagea un instant, stupéfait. Il aurait dû dire non, garder ses distances. Mais il en fut incapable.

— Euh, ouais. Bien sûr. Qu'est-ce qui t'a fait changer d'avis ?

— Je suis une femme. J'ai le droit de changer d'avis, répondit-elle avec un vague sourire.

Quand Harris le vit vaciller, il ne put s'empêcher de se demander ce qu'elle lui cachait.

— J'aimerais bien qu'on rattrape le temps perdu, c'est tout, reprit-elle.

N'avaient-ils pas déjà fait ça au bar ? Et sur la terrasse ? Il préféra ne pas le lui faire remarquer. Mellie souriait, et ce sourire lui faisait perdre tout son bon sens.

Peut-être qu'elle avait mal dormi, elle aussi, à force de penser à lui. Ou peut-être qu'elle avait ressenti la tension qui les avait reliés pendant un instant, sur la terrasse. Il s'approcha d'un pas, s'arrêtant à quelques centimètres de son visage. Son parfum flottait jusqu'à lui, comme un appât destiné à le piéger.

— Tu veux rattraper le temps perdu ?

— Oui.

Ce n'était même pas un murmure, à peine un souffle. Elle soutint un long moment son regard, puis ajouta :

— J'aimerais beaucoup que tu me racontes tout ce que tu as fait depuis…

— Depuis qu'on s'est séparés, acheva-t-il à sa place, comme si prononcer ces mots effaçait la douleur. C'était il y a longtemps. De l'eau a coulé sous les ponts.

Vraiment ? S'il en croyait le combat qui faisait rage dans sa poitrine, les eaux étaient encore assez turbulentes… Probablement parce qu'il avait encore des questions à lui poser, et qu'il redoutait les réponses.

— Parfait, répondit-elle avec un nouveau sourire. Ça veut dire que nous pouvons redevenir amis.

Ce seul mot suffit à lui arracher une grimace.

— Amis ? Tu penses que c'est ce que nous sommes ?

Quelle importance, au fond ? Elle lui avait brisé le cœur et avait détruit sa vie cet été-là. Il n'avait pas besoin d'elle, ou d'une sorte de seconde chance bancale, une relation rafistolée. Il avait d'autres choses à régler pour le moment. Des choses beaucoup plus importantes.

— Oui, qu'est-ce qu'on pourrait être d'autre ? disait Mellie. Je suis ici juste pour le mariage. Après ça, je rentrerai à New York.

Voilà. De simples amis. Essayer de construire autre chose serait… compliqué. Ils repartiraient chacun de leur côté et ils se contenteraient de s'envoyer des e-mails de temps en temps, c'était tout.

— Très bien, s'entendit-il dire.

Il avait un peu de mal à trouver ses mots. Peut-être que c'était à cause de son parfum, plus capiteux et épicé que celui qu'elle avait porté dans sa jeunesse. Ou peut-être que c'était à cause de son corps, plus sensuel que jamais. À moins que ce soit la manière qu'elle avait de le regarder, comme si rien ne s'était passé ce soir d'été, onze ans plus tôt.

« Une fille comme ça ne t'apportera rien de bon, Harris. Elle te détourne de ton objectif, c'est tout. Ouvre les yeux et quitte-la avant de te retrouver piégé dans un mariage avec plein de gosses. »

Son père n'avait jamais aimé Melanie et ne s'était pas privé pour lui répéter qu'il pouvait trouver mieux. Dans l'esprit de Phillip, Harris devait épouser une femme aussi déterminée et ambitieuse que lui. Avocate ou médecin, quelque chose qui correspondrait à l'idéal familial paternel. Mais Harris était tombé amoureux de l'aventureuse, l'amusante, l'insoumise Melanie Cooper.

C'était il y avait bien longtemps, maintenant. Harris ne vivait plus chez Phillip McCarthy. Ce qu'il faisait de sa vie et surtout de sa vie sentimentale ne regardait plus son père. Et il n'allait pas se laisser hanter par des événements vieux de plus de dix ans.

— Être amis, c'est déjà bien, non ? demanda Mellie d'un air perplexe, presque inquiet. Parce que…

— Tout le reste appartient au passé.

Il s'approcha encore un peu plus d'elle, caressa sa joue du bout des doigts et laissa son pouce courir sur ses lèvres. Elle inspira profondément, la bouche entrouverte et les yeux sombres. Harris se pencha encore un peu sur elle, hypnotisé. L'espace d'un instant, il avait de nouveau dix-huit ans et cette femme était la plus belle créature qu'il ait jamais vue.

— N'est-ce pas ?

— Oui, dit-elle.

Le mot s'acheva dans un soupir. Elle appuya sa joue dans la paume d'Harris et ferma les yeux.

Il se pencha davantage et l'embrassa. Mellie s'abandonna lentement à son baiser. Son corps se coula contre le sien avec souplesse jusqu'à ce qu'il ne puisse plus faire la différence entre elle et lui. Il la prit dans ses bras et elle se laissa faire, glissant les doigts dans ses cheveux pour lui rendre ses baisers avec passion.

Harris comprit soudain que rien n'était mort entre eux. Rien du tout. Était-ce une bonne chose ? Ou était-ce plus dangereux que tout ce qu'il avait vécu jusque-là ? Il n'en savait rien… et il n'avait aucune intention de commencer à se poser des questions.

5

Pendant une minute ou deux, Melanie eut de nouveau dix-sept ans. Elle se retrouva dans la pénombre, sous les gradins de la salle de sport, embrassant Harris jusqu'à ce que le vertige la prenne. Il y avait toujours eu quelque chose de spécial dans ses caresses. Une chose presque… magique, qui effaçait toute logique et toute raison.

Maintenant encore, plus d'une décennie après leur dernier baiser, il savait encore lui faire perdre la tête. Bon sang… Elle n'était pas là pour l'embrasser, tomber amoureuse, ou Dieu sait quelle autre bêtise ! Elle était là pour essayer d'obtenir le scoop de sa carrière, un moyen de commencer une nouvelle vie loin de Stone Gap et d'Harris McCarthy.

Elle ne devait pas oublier que cet homme l'avait trahie le jour où elle avait le plus besoin de lui, toutes ces années plus tôt. Il avait tiré ses conclusions trop vite et l'avait quittée, sans même essayer de l'écouter ou lui accorder le bénéfice du doute. En un éclair, il s'était transformé en un homme qu'elle ne reconnaissait pas.

La seule raison qui l'avait poussée à lui demander un rendez-vous était l'espoir d'obtenir plus d'informations sur ce fameux incendie. Si elle obtenait quelques confidences d'Harris, elle aurait son article et sa carrière redémarrerait enfin. Il lui devait bien ça, après l'avoir abandonnée sans remords, le pire jour de sa vie. Hélas, malgré son plan bien huilé, voilà qu'elle se retrouvait dans ses bras, en train de l'embrasser. Qu'est-ce qui s'était passé ?

Obtenir un nouveau travail : 0.
S'attirer des ennuis inutiles : 1.

Elle plaqua les deux mains sur le torse d'Harris – bon sang, depuis quand était-il aussi musclé ? – et le repoussa violemment. Elle recula en même temps et percuta l'échelle. La douleur dans son épaule la soulagea : elle la fit atterrir de son petit nuage avant qu'elle perde tout contrôle sur ses désirs.

— C'était quoi, ça ? s'écria-t-elle.

Il sourit.

— Un baiser. Ne me dis pas que tu as complètement oublié ce que ça fait d'être embrassée par moi.

Oh non, elle n'avait pas oublié ! Elle y pensait même beaucoup trop souvent depuis qu'ils s'étaient retrouvés nez à nez au bar.

— Ce n'est pas ce que je voulais dire quand je parlais de rattraper le temps perdu.

— Désolé, j'ai dû mal te comprendre.

Non, il ne s'était pas trompé. Pas du tout. Chaque nerf, chaque hormone de son corps la poussait à se jeter dans ses bras et à le supplier de l'embrasser encore une fois. Mais, bien entendu, la partie logique de son cerveau jouait les trouble-fête et lui rappelait qu'elle était là pour un article, pas pour une nuit de folie dans le lit d'un homme qu'elle n'avait jamais vraiment oublié. Raison de plus pour garder un ton léger et se concentrer sur son travail. Pas sur lui.

— Je préfère mettre les choses au clair tout de suite. Hors de question de rendre tout ça plus… compliqué.

— Comme tu voudras.

Cette réplique de *Princess Bride*, l'un de leurs films préférés, résonna un instant entre eux, comme un souvenir de tout ce qu'ils avaient autrefois partagé. Un jour, Melanie avait voulu profiter d'un dimanche matin tranquille pour regarder ce conte de fées magique avec Adam. Au bout de cinq minutes à peine, son mari s'était ennuyé et avait zappé sur la chaîne du golf. Melanie ne pouvait s'empêcher de comparer les deux hommes, les deux époques. Avec Harris, les choses avaient toujours été évidentes, faciles, naturelles. Avec Adam, elle avait passé son temps à essayer de s'accorder à lui, comme s'ils étaient deux pièces de puzzle mal assorties.

Pourquoi avait-il fallu qu'Harris lui brise le cœur de cette manière ? Elle était tellement amoureuse de lui, tellement convaincue que leur histoire durerait toujours... Puis, sans prévenir, il l'avait quittée, l'accusant de tous les maux sans même écouter ce qu'elle avait à lui dire. Il lui avait tourné le dos, la laissant plantée dans la rue, sous le choc, et en larmes. *Quel idiot*, avait-elle pensé – exactement ce qu'Abby et elle chuchotaient sous leurs couvertures, quand elles essayaient de déchiffrer le regard, le sourire ou le message d'un garçon de l'école.

Il lui avait fallu des années pour surmonter la douleur de cette rupture. Il ne lui avait pas juste posé un lapin lors de leur premier rendez-vous, ou oublié de l'appeler après une sortie agréable. Il avait été *Harris* et, à l'époque, ce nom représentait tout à ses yeux. À partir de ce jour, Melanie avait commencé à comprendre quelles conséquences pouvaient avoir des décisions d'adulte. Elle avait arrêté de vivre au jour le jour et avait fait des études pour décrocher un travail, un mariage qui ne la satisfaisait pas vraiment et une assurance-vie. Plus de risques. Plus de mauvaises décisions.

— Et si on s'offrait une visite de Stone Gap ? proposa Harris en la tirant de sa rêverie et de ses souvenirs. Je suis sûr que ta sœur est submergée par les préparatifs du mariage et ce serait dommage que tu repartes sans avoir profité des charmes de cet endroit. En tant qu'*ami*, je te propose de te guider, si tu veux. Appelons ça un rencard strictement platonique.

— D'accord.

Néanmoins, présenté comme ça, en ces termes de

platonique et d'*amical*, le projet avait un petit côté… triste. D'un autre côté, si elle avait accepté, ce n'était pas vraiment pour devenir l'amie d'Harris. C'était pour se rapprocher du but – *son* but. Était-ce mal de renouer avec lui juste pour le faire parler et obtenir son scoop ?

Pourquoi ne lui avait-elle pas parlé franchement ? Pourquoi avait-elle pris ces chemins détournés pour obtenir ce qu'elle voulait de lui ?

Elle préféra ignorer ses doutes. Non, elle ne faisait rien de mal. Elle voulait écrire un papier qui présenterait Harris comme un héros – il ne pouvait pas lui en vouloir pour ça, n'est-ce pas ? Une fois qu'elle aurait rendu son article, ils pourraient boire un verre ensemble et rire de ce hasard qui les avait rapprochés. En tant qu'amis. Purement platoniques.

À un détail près : elle était toujours attirée par lui. Elle avait aimé l'embrasser. Elle s'était demandé pendant un instant s'il allait recommencer. Mais c'était du passé, tout ça. Ça devait *rester* du passé.

— J'ai deux ou trois choses à faire aujourd'hui, dit-il. On peut se retrouver à l'auberge à 17 heures et commencer notre petit tour de la ville.

— Ça me va.

— Et dois-je présumer que tu n'es pas intéressée par de nouveau baisers ?

Il fit un petit geste entre eux deux et ajouta :

— Parce que tu avais l'air plutôt tentée, il y a deux minutes.

— Tu m'as surprise, c'est tout. J'ai besoin de plus de temps pour me… préparer.

Menteuse, menteuse !

Il gloussa.

— Je suis quoi, alors ? Un devoir d'histoire ?

— Non, Harris McCarthy, mais tu es un homme… complexe.

Une famille fit son apparition dans le parc – la mère, le père, un bébé dans une poussette et un garçon de quatre ou cinq ans qui se précipita vers les balançoires. Melanie aperçut également sa mère et Abby en train de parler sur le trottoir. Abby se tenait très droite, raide et crispée, pendant que sa mère parlait en agitant un doigt dans sa direction. Encore en train de critiquer quelque chose, sans doute. Apparemment, l'effet du sucre s'était estompé et Cynthia n'avait pas perdu une seconde pour se lancer dans une autre de ses diatribes.

— Je dois y aller, dit Melanie.

Elle tourna les talons et sortit précipitamment du parc sans laisser à Harris le temps de l'embrasser encore une fois. Elle était déjà bien assez troublée comme ça, sans qu'il en rajoute une couche. Pire, elle craignait en restant de céder au désir insatiable qui brûlait en elle et de lui faire une proposition qu'elle aurait sans doute regrettée.

Elle passa donc la grille sans un regard en arrière et avança dans la rue. Elle ne songea même pas à ce qu'Harris pouvait bien penser. Ses émotions n'étaient plus qu'un magma indistinct, un vortex étrange qui mélangeait passé et présent.

Elle rattrapa Abby au moment où celle-ci quittait leur mère. Cynthia entra dans une boutique de vêtements et les laissa seules.

— Que s'est-il passé ? demanda Melanie.

Sa sœur soupira.

— La même chose que d'habitude. Je ne sais même pas pourquoi maman est venue : elle prétend qu'elle est beaucoup trop occupée pour m'aider à préparer le mariage.

— Trop occupée ? À faire quoi ? Elle est à la retraite !

— Apparemment, elle est devenue membre d'un club de lecture et elle a quelques livres de retard. Oh ! et elle a aussi promis de tricoter un plaid pour le petit-fils de quelqu'un…

Abby eut un geste de découragement.

— Je ne fais jamais rien comme il faut !

— Toi ? Au contraire, tu ne te trompes jamais, Abs.

— Ne nous confonds pas, soupira Abby. Je sais que je

ne devrais pas le prendre pour moi, mais quand maman commence à me dire à quel point ta vie est parfaite… Je suis vraiment désolée, ça ne devrait pas m'embêter comme ça.

Melanie ravala sa culpabilité. C'était peut-être le moment de dire la vérité à Abby. *Ma vie est en ruines. Plus rien ne tient debout.*

Sa sœur la serra dans ses bras. Melanie prit une profonde inspiration, ouvrit la bouche… Et fut incapable d'avouer la vérité. Encore une fois.

— Je suis tellement contente que tu sois là, Mel. Maman me rend vraiment folle, et avec les enfants, le mariage… Je suis soulagée de pouvoir m'appuyer sur quelqu'un.

Elle s'écarta et sourit.

— Ironique, non ? Maintenant, c'est moi qui compte sur toi.

— Je n'ai plus cinq ans, tu sais. Je peux bien faire ça pour toi.

Melanie sourit, mais à l'intérieur, elle ne put s'empêcher de se traiter de lâche. Comment pouvait-elle laisser Abby la prendre pour un modèle de quoi que ce soit ? *Quelle idiote.*

Harris changea trois fois de chemise avant d'opter pour la bleue en coton. Il roula les manches, enfila un jean et descendit dans le hall. Un hôtel était peut-être un drôle d'endroit pour débuter un rendez-vous ; mais d'un autre côté, Mellie n'était pas une femme ordinaire et leur soirée n'avait rien de normal, elle non plus.

Pour commencer, c'était un *non*-rendez-vous. Juste une sortie entre deux amis et rien de plus, aussi étrange que ça puisse paraître.

Si Harris avait tant de mal à se faire à cette idée, c'était certainement parce qu'il n'avait encore jamais vu Mellie sous cet angle-là. Autrefois, jeune et inconscient, il avait pensé pouvoir passer sa vie avec elle. Mais elle avait détruit tous ses espoirs et il avait coupé les ponts sans réfléchir, dans un moment de colère, comme le font les enfants.

À présent, après toutes ces années et les autres relations qu'il avait pu connaître, il comprenait qu'une vie de couple était quelque chose de compliqué. *Toutes* les relations l'étaient, en amour ou ailleurs. Il avait compris cette dure vérité pour la première fois en travaillant avec son père. Cette année-là, il avait plus mûri que pendant les vingt-deux ans qui avaient précédé. À présent, il se demandait si cet été fatidique avec Mellie cachait autre chose de plus profond. Était-il simplement trop jeune pour comprendre ?

Il avait failli envisager de passer sa vie avec une autre femme, par la suite, quand il s'était fiancé à Sandra. Mais il avait reculé à la dernière minute en pensant que sa princesse de contes de fées l'attendait encore quelque part. Son père ne s'était pas privé de lui rappeler qu'il était inutile d'attendre éternellement pour une femme idéale et irréelle ; que les mariages devaient se faire entre personnes égales et complémentaires, capables de s'enrichir mutuellement. Bref, une sorte de partenariat d'affaires, avec du sexe en plus.

Harris, lui, voulait trouver le juste milieu. Quelque chose qui se placerait entre l'entente cordiale de ses parents et la romance enivrante et passionnée qu'il avait connue avec Mellie.

Il s'adossa à l'arche qui ouvrait sur la salle à manger. L'élégant escalier de bois montait en une spirale souple, avec ses panneaux de chêne sombre et sa rampe en bois tourné peinte en blanc. Mellie allait apparaître d'un moment à l'autre, comme une Scarlett O'Hara des temps modernes. Et le flot du désir qu'il ignorait de son mieux depuis la veille briserait de nouveau ses digues.

Que faisait-il ici ? Tenait-il tant à raviver ses souvenirs ? Espérait-il pouvoir enfin tourner la page ?

Son téléphone se mit soudain à sonner et il le tira de la poche de son pantalon. Le visage de John s'afficha sur l'écran et la culpabilité vint de nouveau l'étouffer. Si seulement…

Hélas, il était déjà trop tard pour les « si seulement » et les regrets. Ce qui était fait, était fait. Il ne restait plus à Harris qu'une seule option : tenter de réparer ses erreurs.

— Allô, John ! Comment ça va ? Et ta famille ?

— On se débrouille.

John fut longtemps silencieux. Harris l'avait apprécié dès l'instant où ils s'étaient rencontrés. Il y avait bien sûr eu une raison pour qu'il choisisse précisément le salon de coiffure de John, alors qu'il y en avait d'autres, plus proches de son chantier. Dans chaque ville qu'il traversait, chaque région dans laquelle il travaillait, Harris traquait les noms de sa liste. Celui de John était apparu au cœur de Stone Gap. Alors, entre les coups de ciseaux et la mousse à raser, Harris avait fraternisé avec John. Néanmoins, au fil des mois, leur amitié était devenue réelle – une nouveauté, dans la quête d'Harris. Même après son départ, l'année précédente, ils avaient continué à communiquer par e-mails et textos. Harris aimait *beaucoup* John.

— Je… Je sais que j'ai fait n'importe quoi, cette nuit-là, soupira son ami dans l'écouteur. Il faut que je me reprenne en main si je ne veux pas perdre tout ce que j'ai. Mais ça a été tellement dur, tu sais. Depuis sept ans que j'ai été obligé de déclarer faillite, tout est allé de travers.

« Nous allons les faire fermer pour de bon, Harris. Ces petits patrons sont trop mous avec leurs employés. Ils doivent apprendre à devenir plus fermes, plus durs, plus rentables. »

C'était la devise officielle de son père – pour tout. « Plus ferme, plus dur, plus rentable. » Phillip McCarthy avait commencé sa carrière comme simple expert-comptable et il était finalement devenu un consultant recherché, employé par les entreprises en difficulté pour éliminer le « superflu ». Vue de l'extérieur, sa mission paraissait admirable… Jusqu'à ce qu'on se rende compte que Phillip « aidait » ses clients en ruinant secrètement tous leurs concurrents. Plus de compétition, plus de problèmes. Et John Kingston avait été un de ces problèmes. Il avait lancé son entreprise d'usinage dans sa cave une vingtaine d'années plus tôt, et avait fini à la tête d'une solide équipe de quarante ouvriers. Il était devenu le fournisseur majeur d'une fabrique automobile de la région et avait gêné une entreprise concurrente bien plus importante qui espérait compter la fabrique parmi ses clients. Les patrons avaient fait appel à Phillip McCarthy et lui avaient offert une somme substantielle s'il parvenait à convaincre l'entreprise automobile de changer de fournisseur.

Sept ans auparavant, Harris avait donc dû s'asseoir dans son bureau, à des milliers de kilomètres de là, deux jours avant Noël, et ravaler le malaise qui lui montait à la gorge. La mort dans l'âme, il avait suivi les ordres de son père et ruiné Kingston Usinage en lui arrachant un contrat qui représentait quatre-vingt-quinze pour cent de son chiffre d'affaires. Il savait que ce serait un coup fatal pour l'entreprise de John, qu'une quarantaine de personnes se retrouveraient au chômage, sans salaire et sans prime de Noël. Il avait passé des heures assis à son bureau, à regarder les photos des pique-niques annuels de Kingston Usinage sur leur site Internet. Tous ces ouvriers et leurs familles qui riaient, qui mangeaient des burgers… Des gens heureux.

Au final, il avait tout de même fait ce pour quoi son père le payait. Il avait appelé le directeur comptable de John et lui avait annoncé que les millions de dollars de commande qu'ils attendaient pour le lancement du nouveau pick-up de leur client venaient d'être alloués à leur concurrent. L'homme avait fondu en larmes au téléphone. Il avait supplié Harris de leur laisser une chance, de leur accorder un délai pour qu'ils puissent baisser leurs tarifs, devenir plus compétitifs. Mais la décision était déjà prise. L'alliance en sous-main qu'avait conclue Phillip avait rendu beaucoup de gens riches plus riches et avait détruit l'œuvre de toute une vie d'un brave homme.

Comme Harris s'en était douté, la perte du contrat avait signé l'arrêt de mort de Kingston Usinage. L'entreprise avait fermé ses portes moins de trois mois plus tard.

John Kingston et ses quarante employés avaient été les victimes des décisions implacables de Phillip McCarthy – et des actions d'Harris lui-même. Tout comme Shawn Babcock et Georgia Thompson, qui possédaient une entreprise d'import d'acier et avaient perdu leur contrat avec la même fabrique automobile. Ou Kevin Simmons qui travaillait pour la première boîte qu'Harris avait anéantie quand il avait été embauché par son père : une petite boutique de quartier qui gênait l'agrandissement prévu par un des gros clients de Phillip.

Dès le lendemain de sa démission, Harris avait commencé à chercher tous ces gens qui avaient perdu leur travail, tous ceux que Phillip McCarthy avait brisés au nom de la loi du profit à tout prix. Nombre d'entre eux avaient trouvé un nouvel emploi et s'étaient remis en selle, mais certains continuaient à lutter, entre chômage, hypothèques et mises en vente forcées de leurs biens. À chaque fois, Harris s'arrangeait pour leur apporter un « cadeau » et une excuse crédible qui justifiait le remboursement de leurs emprunts, la construction d'une nouvelle maison, ou le paiement de leurs dettes assorti d'un petit pécule supplémentaire en guise de coup de pouce. Trois familles avaient déjà été tirées du caniveau sans savoir pourquoi on les avait aidées, ni qui était leur bienfaiteur. Bientôt, avec une peu de chance, Harris pourrait en ajouter une quatrième à sa liste.

Hélas, même s'il aidait des centaines de familles et trouvait mille manières de les dédommager de l'inhumaine cruauté de son père, une part de lui savait que ça ne suffirait jamais. Tout ce qu'il pouvait faire, c'était offrir une maison aux gens qu'il avait blessés, un endroit où ils se sentiraient en sécurité. Un sanctuaire dont personne ne pourrait les chasser.

— J'essaie, tu sais, reprit John dans le combiné. J'essaie

vraiment. Mais perdre la maison comme ça… Bon sang. Comment Catherine et les enfants pourraient-ils me pardonner, si moi-même j'en suis incapable ?

— Tu as traversé beaucoup d'épreuves. Tout ça n'est pas ta faute.

Harris s'était répété les mêmes mots quand il avait appelé le directeur comptable de John, ce jour-là. Il faillit tout déballer, avouer la vérité à son ami au téléphone, mais se retint de justesse. On pouvait sentir dans la voix de John la haine qu'il vouait à Phillip – et à juste raison. Si jamais il apprenait qu'Harris l'avait juste approché dans l'espoir de se racheter, il rejetterait en bloc toute l'aide qu'il avait prévu de lui apporter. Il était trop fier pour s'abaisser à ce point…

— Si, Harris : je suis responsable. D'accord, ce n'est peut-être pas *uniquement* ma faute. Si cet égoïste de McCarthy n'avait pas suggéré à l'usine de changer de fournisseur, je n'aurais pas été obligé de licencier tout le monde…

Il lâcha un juron à mi-voix.

— Peu importe. C'est fait, et on ne peut pas revenir en arrière. Il faut que j'arrête de me détruire juste parce que ce type m'a ruiné. Tu sais, je vais à des réunions de soutien et j'ai recommencé la thérapie avec Catherine. Mais c'est encore dur.

Harris pouvait dépenser autant d'argent qu'il voulait pour améliorer la vie des gens, il n'effacerait jamais les blessures émotionnelles, la douleur qui restait ancrée dans un coin de leur esprit.

— Tout ira bientôt beaucoup mieux, tu verras, dit-il. La reconstruction de la maison pourra commencer dès que la ville aura approuvé les plans, et le coût sera sans doute plus bas que ma première estimation. Ça devrait alléger ton emprunt.

Ou le faire disparaître complètement, si Harris parvenait à lui faire croire que le fonds de donation avait dépassé le montant de son hypothèque. John était au bord de l'expulsion quand l'incendie s'était déclaré, et il était hors de question de le laisser se retrouver dans une situation pareille à nouveau.

— Je ne te remercierai jamais assez, Harris, dit-il. Je ne sais pas pourquoi tu es aussi généreux pour ma famille et moi, mais nous t'en serons toujours éternellement reconnaissants…

— Je fais juste ce que tout ami aurait fait à ma place.

Menteur.

— Eh bien, je n'avais jamais eu d'ami comme toi avant. Encore une fois, merci pour tout. Catherine et moi…

De nouveau, la culpabilité monta et prit Harris à la gorge. Si John avait su la vérité…

— Je… Je dois y aller, marmonna-t-il. Un double appel. On se reparlera plus tard.

Il raccrocha et glissa rapidement son téléphone dans sa poche. Malgré sa faible épaisseur, l'appareil lui parut soudain peser une tonne. Il pourrait peut-être faire un saut au bureau de l'urbanisme, demain. Pour accélérer les choses. Quand la maison serait reconstruite et que les Kingston auraient enfin repris le cours de leur vie, Harris pourrait quitter Stone Gap définitivement et accepter un nouveau projet payé en attendant de trouver le prochain nom de sa liste. Peut-être que la culpabilité le laisserait enfin tranquille, cette fois.

Della Barlow entra soudain dans le hall, son sac à l'épaule et une veste légère pliée sur son bras.

— Bonjour, Harris ! Comment allez-vous ?

— Très bien, merci, madame Barlow.

Elle eut un petit geste amusé et le corrigea :

— Toute la ville m'appelle Della.

La propriétaire de l'auberge à la flamboyante chevelure auburn avait été plus que gentille à chaque passage d'Harris en ville. Elle l'avait accueilli comme s'il était un membre de sa famille, à tel point qu'il craignait presque le moment où il devrait rentrer dans son appartement du Connecticut. Habiter dans cette maison fraîchement rénovée, en compagnie de Della et Mavis, avait été une sorte de conte de fées.

Autrefois, Harris avait imaginé pouvoir construire une telle vie. Puis Mellie et lui s'étaient séparés. Il était allé à l'université et avait intégré l'entreprise de son père. Quelque chose avait été brisé en lui et il avait cru que travailler avec Phillip pourrait réparer les dégâts. Hélas, il avait compris trop tard que ça avait eu l'effet inverse…

— Je rentre chez moi pour la soirée, annonça Della. Je voulais vous prévenir que je comptais passer chez les Kingston demain pour vous aider avec les garçons. Je ne pourrai pas rester toute la journée, mais je peux bien donner quelques heures pour une bonne cause. C'est si gentil à vous d'organiser le nettoyage du chantier.

Elle soupira et secoua tristement la tête.

— Quelle tragédie ! Heureusement, personne n'a été blessé.

— Oui, heureusement. Et merci pour votre aide. Vos fils en ont déjà tellement fait.

Dès l'instant où les sirènes avaient résonné dans la rue, les fils Barlow, devenus pompiers volontaires quand leur frère Colton avait rejoint la brigade d'incendie de Stone Gap, avaient été sur place pour étouffer les flammes et récupérer toutes les affaires encore utilisables dans les décombres.

— Ils aiment cette ville et tous ses habitants. On se sent tellement impuissant quand un drame pareil arrive à des gens bien. Le moins que nous puissions faire, c'est aider les Kingston à reconstruire leur maison.

Elle posa la main sur le bras d'Harris et lui sourit.

— Tout le monde vous remercie de coordonner les efforts. Vous n'êtes même pas un résident de Stone Gap, et pourtant vous faites tout pour aider l'un des nôtres.

Harris se détourna, gêné.

— John mérite bien ça. C'est un type formidable.

Della sourit de plus belle.

— Et c'est exactement pour ça que la ville vous apprécie

tant. Vous êtes capable de tout pour aider un ami dans le besoin… À demain, Harris.

Le raz-de-marée de culpabilité embrasa une nouvelle fois ses joues. Plus vite la maison serait rebâtie, mieux cela vaudrait. Chaque jour depuis qu'il avait passé ce coup de téléphone fatidique, Harris avait traîné une nausée insoutenable avec lui. Il avait fait tant d'efforts, commis tant d'atrocités pour s'attirer la reconnaissance d'un homme incapable du moindre sentiment.

Mellie apparut soudain au sommet de l'escalier et sa présence effaça immédiatement ses remords. Tout comme lui, elle portait une tenue un peu plus sophistiquée que d'habitude : un chemisier de soie rouge qui flottait sur son jean noir ajusté. Elle avait rassemblé ses cheveux en arrière à l'aide d'une pince, laissant quelques mèches boucler dans son cou. L'espace d'un instant, il sentit son cœur s'emballer.

Croyaient-ils vraiment pouvoir rester amis ?

— Tu es magnifique, dit-il tandis qu'elle descendait les marches pour le rejoindre.

— Merci.

Elle le gratifia d'un sourire ravageur et ajouta :

— Tu n'es pas mal non plus…

Harris ne put retenir un petit rire.

— Tu sais t'y prendre pour flatter un homme !

La partie la plus vaniteuse de son esprit se demanda un instant s'il lui plaisait toujours. Après tout, elle l'avait repoussé après leur baiser, dans le parc. Le message était clair : *Pas intéressée, merci bien. J'ai déjà donné.*

Néanmoins, elle était là ce soir, et même si leur rendez-vous devait rester aussi peu excitant qu'un sandwich au thon, Harris avait bien l'intention de profiter de l'instant. Il lui emboîta le pas et s'empressa même d'aller ouvrir la porte pour elle, ce qui lui attira un regard surpris.

— Eh bien, Harris. Serait-on devenu un gentleman en vieillissant ?

Pendant son adolescence, il était en effet bien moins

courtois et plus enflammé avec les filles – enfin *une* fille, au singulier, car Mellie était la seule à chambouler son petit univers du sol au plafond.

— J'ai appris des choses en onze ans, tu sais.

— Je l'espère bien, dit-elle avec un petit sourire mutin.

Elle passa la porte qu'il tenait toujours et l'attendit sur le perron. Son parfum floral et envoûtant s'attardait derrière elle, aussi tentateur que ses paroles et son sourire.

Lorsqu'ils se retrouvèrent assis dans la voiture de location d'Harris, chacun dans son siège, il sentit à nouveau son corps réagir à la présence de Mellie. À chacun de ses mouvements, la silhouette fuselée de ses jambes apparaissait à la périphérie de son champ de vision. La lumière des réverbères se reflétait sur ses cheveux et ses pommettes hautes, mettant en valeur la douceur veloutée de sa peau. Plus d'une fois, Harris dut se reconcentrer sur la route et pas sur cette femme, assise à quelques centimètres à peine de lui.

— Quelle est la première étape de notre grand tour ? demanda-t-elle. J'ai pensé que nous pourrions peut-être… Je ne sais pas… Voir la maison qui a brûlé. Je ne veux pas te paraître morbide, hein, mais c'est une telle tragédie.

Harris n'avait absolument pas prévu ça. Une visite de la propriété détruite des Kingston ? Hors de question. Il n'avait pas besoin qu'on lui rappelle sans cesse ses erreurs !

— Il n'y a rien à voir, Mellie.

— N'empêche. Je suis sûre que ce serait intéressant…

Pourquoi Mellie s'intéressait-elle tant aux restes carbonisés de cette maison ? Peut-être était-elle simplement inquiète pour la famille, bouleversée ou curieuse, comme le reste de la ville. Les Kingston n'avaient passé que quelques années à Stone Gap, mais ils étaient déjà devenus des figures incontournables de la ville. Catherine siégeait à l'association de parents d'élèves, les enfants jouaient dans les équipes de football et de softball, et John faisait quelques heures de bénévolat au centre communautaire quand il le pouvait. Depuis l'incendie, tous les habitants avaient fait bloc autour de John et Catherine, leur prouvant qu'ils étaient vraiment chez eux dans leur ville d'adoption.

L'attention des médias avait été attirée par l'incendie, mais Harris avait tout fait pour limiter les dégâts. N'importe quel reporter digne de ce nom finirait par faire le lien entre Harris, son passé et la reconstruction. On se demanderait pourquoi le fils de l'homme qui avait conduit l'entreprise de John au dépôt de bilan l'aidait maintenant à reconstruire sa maison. Et Harris n'avait aucune envie de répondre à ce genre de questions.

— J'ai pensé à un endroit beaucoup plus sympa…

Il quitta le centre-ville et s'engagea sur une route secondaire qui longeait de vieilles maisons et quelques lotissements plus récents. Bientôt, la voiture plongea dans un sous-bois dense. La pénombre perdura sur quelques kilomètres puis les arbres s'effacèrent pour faire place à un panorama stupéfiant de la côte et de l'océan. Sur leur droite s'élevait le Sea Shanty, un bâtiment bas aux murs gris entouré d'une terrasse avec vue sur la mer. On y servait des poissons et des crustacés de premier choix. De la musique pop résonnait depuis l'intérieur, passant par les portes et fenêtres ouvertes.

— Le Sea Shanty ? demanda Mellie d'un ton surpris.

— Le meilleur restaurant de produits de la mer de la région, expliqua-t-il. Encore mieux que la soupe de crabe de Della, mais ne le lui répète surtout pas…

Mellie leva solennellement la main.

— Promis.

— J'ai mangé ici lors de mon premier passage à Stone Gap et, honnêtement, je n'ai encore rien dégusté de meilleur depuis.

Il se gara sur le parking et coupa le moteur.

— Tu m'as demandé quel était mon endroit préféré de la ville. Eh bien, c'est là. Je crois que le décor est ce qui me plaît le plus… La nourriture n'est qu'un bonus.

Melanie se cala au fond de son siège et contempla un moment le restaurant.

— J'avoue que je suis surprise. Je m'attendais à ce que tu préfères les endroits plus… huppés.

— À cause de ma famille.

— Je… Oui. Quand on sortait ensemble, tu m'emmenais toujours dans des restaurants élégants avec des nappes blanches et cinquante couverts différents.

— C'est parce que je cherchais à t'impressionner.

Sa moue s'adoucit.

— Harris, tu m'as impressionnée dès l'instant où j'ai posé les yeux sur toi. Tu n'avais pas besoin de menus hors de prix pour y arriver.

Quelque chose se noua dans la poitrine d'Harris. Des années plus tôt, il se sentait bête aux côtés de cette fille un peu sauvage, si belle et spontanée. Bien sûr, il n'était encore qu'un ado, mal adapté à son nouveau corps et à ses montées d'hormones ; mais c'était surtout l'assurance incroyable que Mellie semblait avoir en toutes circonstances qui le fascinait. Il avait peut-être grandi dans une famille à pedigree, avec une grande maison et une Mercedes, mais c'était Mellie qui semblait tout avoir dans la vie.

— Je t'impressionnais vraiment ? Comment ?

Elle haussa les épaules.

— C'est de l'histoire ancienne, Harris. Allons manger : je meurs de faim.

Elle ouvrit sa portière et sortit de la voiture sans même lui laisser le temps d'en faire le tour.

Elle ne voulait pas parler du passé. C'était sans doute une bonne chose parce que, dans ce passé, Mellie l'avait trompé… Il la revoyait encore dans les bras de cet autre type, le front appuyé contre son torse pendant qu'il déposait un baiser sur ses cheveux. Et, à chaque fois qu'Harris se sentait de nouveau céder au piège de son parfum ou de son sourire, il se rappelait ce moment. Certes, elle avait peut-être dit la vérité ; peut-être avait-elle une bonne raison d'enlacer ce gars. Et peut-être que lui-même se réfugiait dans ce mal-être adolescent pour ne plus se rapprocher de qui que ce soit – en particulier de cette femme qu'il n'avait jamais été capable d'oublier.

Arrivée devant la porte du Sea Shanty, Mellie posa une main sur son bras. En dépit de toutes ses bonnes résolutions, Harris sentit son cœur s'emballer.

— Soyons bien clairs, Harris, dit-elle. Tout ce que je veux, ce soir, c'est passer un bon moment. Nous sommes juste deux… amis qui se retrouvent pour se détendre et discuter. Ce n'est pas un rencard. Ce n'est pas quelque chose de définitif. C'est juste une soirée, rien d'autre.

— Mellie, je ne t'aurais pas prise pour le genre de fille à prôner l'aventure d'un soir… Surtout en sachant que tu as été mariée : ça a un petit côté définitif, non ?

Autrefois, il avait pensé connaître ça avec elle. Mais ce n'était pas avec lui qu'elle avait choisi de sauter le pas.

— Ça n'a absolument rien de définitif, surtout quand on finit par divorcer.

Elle le laissa ouvrir la porte du restaurant pour elle. La musique se déversa dehors, plus forte et plus vivante. C'était une reprise jazzy d'une chanson pop qui parlait des retrouvailles entre deux anciens amoureux. Ironie du sort.

— Est-ce que tu étais heureuse avec ton mari, au moins ? demanda Harris.

En fait, la vraie question était : « Est-ce qu'il t'a rendue aussi heureuse que moi ? » Le lendemain de leur rupture, Harris avait conduit jusqu'à Boston sans s'arrêter. Il s'était installé dans sa chambre sur le campus avec quelques jours d'avance et s'était plongé à corps perdu dans ses études. Il avait pensé que le changement de région lui permettrait d'oublier Melanie, surtout s'il ne levait pas le nez de ses livres de cours. Hélas, il avait eu tort.

— Le bonheur, c'est assez relatif, tu ne crois pas ?

Elle se détourna pour adresser à la serveuse un petit salut de la tête. Quelques minutes plus tard, ils se retrouvèrent tous les deux assis à une table, juste au-dessus de l'eau.

— La vue est magnifique, n'est-ce pas ? demanda Harris.

Mieux valait se concentrer sur un sujet de conversation

moins risqué que leur passé mouvementé. Néanmoins, il aurait été incapable de dire s'il parlait de l'océan illuminé par le soleil couchant ou de Mellie, avec ses cheveux aux reflets d'or dans cette lumière de fin de journée, son regard pensif et paisible tourné vers les vagues qui étalaient leurs rouleaux le long de la plage.

— C'est magique. Ce genre de décor m'a beaucoup manqué. Bien sûr, je vois l'Hudson et l'océan Atlantique à New York, mais c'est beaucoup plus gris. Pas aussi beau ou aussi chaud qu'ici.

Elle sourit et Harris se sentit soudain d'autant plus heureux d'avoir choisi un restaurant en bord de mer.

— C'est aussi pour ça que j'aime venir ici. J'ai toujours adoré l'eau.

— Je sais…

Elle ouvrit le menu et se plongea rapidement dans sa lecture. Il examina aussi sa carte d'un air innocent, soucieux d'entretenir une atmosphère légère entre eux, et murmura sur un ton de confidence :

— Dis-moi, toi qui es une spécialiste, quel est le secret pour garder la ligne ? Parce que je suis sérieusement tenté par les macaronis au homard et fromage, mais je ne suis pas sûr que ce soit le meilleur choix minceur.

Mellie éclata de rire.

— Très mauvaise idée, en effet ! Je te conseillerais plutôt la salade de kale…

— Je préférerais manger de l'écorce plutôt que du kale, protesta Harris avec une grimace. Ce truc ne devrait même pas être classé dans la catégorie des plantes comestibles.

— Peut-être que recouvert de fromage fondu… ?

Elle sourit et ajouta :

— Tout est meilleur avec du fromage.

— Tu as raison, mais j'ai peur que ce genre de vérités ne fasse pas vendre beaucoup de magazines.

Elle rit de nouveau.

— Non, crois-moi sur parole.

Harris reposa finalement son menu et redressa ses couverts sur la nappe.

— Alors, tu es heureuse, là-bas ? Dans ton appartement de New York, à disserter sur le kale et les cuisses de déesse ?

— Ce n'est pas la vie que j'envisageais quand je suis sortie de la fac, répondit-elle avec un haussement d'épaules. J'ai obtenu mon diplôme de journalisme en pensant que j'allais devenir la reporter qui découvrirait le corps de Jimmy Hoffa, ou quelque chose de ce genre-là. Et puis, j'ai fini à la rédaction de ce magazine.

— Pourquoi ne pars-tu pas à la recherche du corps de Jimmy Hoffa ?

Elle secoua la tête.

— Ce n'est pas si facile, Harris.

Il songea à toutes les années qu'il avait passées à travailler avec son père et à toutes ces nuits blanches hantées par la culpabilité après sa démission. Ça n'avait pas été une décision rapide ni facile à prendre. Mais à l'instant même où il avait quitté le bureau de son père après lui avoir annoncé son départ – et avoir entendu qu'il ne faisait plus partie de la famille McCarthy –, il avait été envahi par un profond soulagement. Il ne se doutait pas, à l'époque, que sa mère serait dévastée par la nouvelle. Certains jours, il pensait même qu'elle s'était laissée mourir juste pour ne plus vivre dans le mausolée qu'étaient devenus sa maison et son mariage. Elle lui avait dit un jour qu'elle était fière de voir qu'il avait su s'opposer à la tyrannie de Phillip et avait eu le courage de s'en aller.

— Parfois, il faut faire le grand saut, Mellie, dit-il. C'est terrifiant, je sais, mais ça vaut toujours mieux que s'enterrer dans un travail qu'on déteste.

— Je n'ai jamais dit que je détestais mon travail.

— Tu n'as jamais dit que tu l'aimais non plus.

Elle haussa de nouveau les épaules.

— Combien de personnes aiment leur boulot ? Bref,

je suis venue pour goûter des macaronis au homard et fromage, pas pour discuter de mes choix de carrière.

Harris sourit.

— Quel choix osé, pour une femme qui passe sa vie à vanter les mérites des régimes miracle !

Elle leva son verre d'eau dans une pantomime de toast.

— Je ne suis plus aussi rebelle qu'avant, Harris.

— Nous ne sommes plus les gamins d'autrefois, Mellie. Ni l'un ni l'autre.

Il but une gorgée et jeta un coup d'œil à l'océan. Les missions qu'il avait lui-même accomplies pour son père revinrent une fois de plus le hanter. Combien de personnes avait-il condamnées, à l'époque ? Et combien allait-il pouvoir aider, à présent ?

— Personnellement, je pense que ces changements ont été une bonne chose…

6

Ça faisait bien longtemps que Melanie n'avait pas autant ri. Elle avait oublié l'humour pince-sans-rire d'Harris. Ils parlèrent de leur passé, des gens qu'ils avaient connus, des boutiques qui avaient fermé ou s'étaient agrandies dans leur ville natale et de l'impact de la nouvelle voie rapide qui desservait désormais le centre-ville.

Le seul sujet qu'ils évitèrent avec soin était leur propre histoire commune. Les sentiments qu'ils avaient l'un pour l'autre. La manière dont ils s'étaient quittés. C'était sans doute mieux ainsi.

La vérité n'apportait que des complications. De la souffrance. Des cœurs brisés.

En fermant les yeux, elle pouvait revivre chaque instant de cette confrontation fatale. Elle se revoyait debout sur le trottoir, à la fois dévastée et soulagée. Réconfortée par quelqu'un d'autre qu'Harris, qui n'avait pas été là pour elle.

Elle avait soudain entendu sa voix, son nom. Pas Mellie, mais son prénom entier – *Melanie* – teinté de colère et d'accusation. Il l'avait jugée coupable au premier regard. Puis, au moment de partir, il avait prononcé une dernière fois ce surnom tant aimé, d'une voix brisée, sans force.

Et il l'avait laissée là. Pendant les onze ans qui avaient suivi, elle n'avait jamais cessé de ressasser cette scène atroce. Elle avait tout fait pour l'oublier, pour se convaincre qu'il n'était pas l'homme qu'elle croyait connaître.

Hélas, ce soir, elle retrouvait le Harris d'autrefois, assis en face d'elle. Le garçon dont elle était tombée amoureuse au lycée. Amusant, charmant et beau comme un dieu.

Si elle n'y prenait pas garde, elle finirait par perdre toute objectivité et essayer de l'embrasser de nouveau au lieu de s'occuper de l'article qui devait sauver sa carrière. Il fallait à tout prix qu'elle se concentre sur ce qui comptait vraiment aujourd'hui. Le passé n'était qu'une distraction inutile.

— Alors, comment va Mme Josephs ? Elle menace toujours la ville de se présenter aux élections sénatoriales ? demanda-t-elle.

C'était la vieille femme un peu bizarre qui vivait en face de chez elle quand elle était petite, une veuve qui adorait les chapeaux orange et les robes bariolées, et qui amassait une impressionnante collection de bottes en caoutchouc aux motifs farfelus.

— Elle s'est remariée avec le type qui tenait la brasserie, au coin de Spruce Street, répondit Harris. Toute la ville n'en revenait pas. Ils ont organisé une grande cérémonie dans le parc et ont invité tous les habitants des trois comtés, sans exception. Elle a prétendu que c'était le meilleur moyen de montrer à tout le monde que les *Happy Ends* de contes de fées existent encore.

Melanie éclata de rire.

— Qui l'aurait crue aussi romantique ? Je me souviens seulement d'une femme qui assistait à chaque conseil municipal, juste pour hurler des insultes aux conseillers et les traiter de…

— De crapauds décervelés qui auraient été incapables de trouver leur chemin dans un sac en papier, acheva Harris dans un gloussement. Oui, c'est une femme haute en couleur, on peut le dire.

Et une romantique invétérée qui croyait aux âmes sœurs et à la paix mondiale… Melanie, elle, n'avait pas le temps pour ces sottises. Elle était là pour décrocher un scoop. Il fallait à tout prix qu'elle trouve un moyen d'aborder le sujet de l'incendie et de ce qui avait suivi. Ce qui l'intéressait, c'était la vraie vie, pas les divagations sentimentales.

La serveuse s'approcha pour leur demander s'ils voulaient autre chose. Surprise, Melanie baissa les yeux sur leurs assiettes et constata qu'elles étaient vides. Comme autrefois, leur conversation avait été si prenante qu'elle avait à peine savouré son plat ou le pinot grigio qu'Harris avait commandé. Décidément, sa présence était beaucoup trop troublante…

— Et si on prenait un dessert à emporter ? suggéra-t-il. On pourrait descendre le manger sur la plage.

Une promenade romantique au bord de l'eau avec du sucre en prime. Bien sûr ! Rien de troublant là-dedans ! Si elle avait été plus maligne, elle aurait insisté pour rester ici, dans cette salle bien éclairée et remplie de clients. Mais elle s'entendit répondre :

— Pourquoi pas ? Bonne idée.

Non, c'est une erreur. Et une occasion de plus d'oublier pourquoi elle avait accepté de sortir avec Harris.

— Dans ce cas, on va prendre deux parts de cheesecake à la framboise, s'il vous plaît, dit Harris à la serveuse.

Celle-ci acquiesça et disparut en cuisine.

Bon sang. Du cheesecake à la framboise ? C'était officiel : elle était très mal partie.

— Tu te souviens encore de mon dessert préféré ?

— Je me souviens de beaucoup de choses que tu aimes, Mellie.

En un éclair, Melanie se revit dix ans plus tôt. Elle se retrouva dans les bras d'Harris, allongée sur une couverture à carreaux rouges sous les étoiles. Ils avaient fait l'amour, ce soir-là, et quand elle avait senti la jouissance monter de ses reins, il lui avait murmuré qu'il savait toujours ce qu'elle aimait. Et c'était vrai. Il le lui avait prouvé.

Bon sang ! Voilà qu'elle repensait encore à *ça*…

— On va partager l'addition, déclara-t-elle en sortant quelques billets de son portefeuille.

Rien de mieux pour lui rappeler que ce n'était pas un rendez-vous galant. Hélas, Harris l'empêcha de poser l'argent sur la table.

— C'était mon idée, c'est moi qui offre. Tu n'auras qu'à organiser notre prochaine sortie, et je te laisserai payer, si tu y tiens.

Un petit frisson d'anticipation la parcourut à ces mots : *notre prochaine sortie*. Une fois de plus, elle dut se faire violence pour se concentrer sur le présent. Ici et maintenant. Elle n'était pas venue pour retomber amoureuse d'Harris McCarthy. Tout ce qu'elle voulait, c'était relancer sa carrière et reprendre sa vie en main.

En quittant le restaurant, ils abandonnèrent leurs chaussures au bord de la passerelle de bois qui descendait jusqu'au sable doux et aux profondeurs sombres de l'eau. Le soleil s'était couché, plongeant le monde dans une douce atmosphère mauve et violine. Les vagues venaient caresser la berge avec douceur, dans un murmure constant qui apaisa peu à peu le stress de Melanie. Plus ils approchaient de la rive, plus Harris semblait se détendre, lui aussi. Il souriait.

Melanie et lui avaient toujours adoré la plage. Certains de ses meilleurs souvenirs avec Harris étaient liés à l'eau, au sable qui s'infiltrait entre leurs orteils et à l'océan Atlantique qui venait mourir le long des côtes rocheuses. Ce soir, ils y revenaient – plus au sud, mais c'était la même mer, avec des plages plus belles, plus chaudes, plus tropicales. La musique des vagues, elle, n'avait pas changé.

— Il y a une zone d'herbe idéale pour les pique-niques, un peu plus bas, dit Harris.

— Parfait.

Elle le suivit en faisant de son mieux pour ignorer le romantisme de cet endroit. Plus vite elle obtiendrait son scoop, plus vite elle pourrait se concentrer sur son travail et quitter cette petite ville trop parfaite, cet homme trop parfait, et rentrer dans son appartement. Bien sûr, son quotidien à New York n'était pas idéal, mais c'était sa vie. C'était là qu'était sa place.

— On m'a dit que la maison de cette famille qui a tout perdu dans l'incendie allait être reconstruite…

— Ouais.

Ce fut tout. Un mot. Un seul mot sans la moindre ouverture.

— Et tu participes au projet ?

— Ouais.

Bon, clairement, il n'était pas prêt à se confier, et ça n'aiderait pas Melanie à obtenir l'interview exclusive qu'elle visait. De plus, son parfum enivrant lui faisait perdre le fil de ses pensées…

— Est-ce que tu connais bien cette famille ?

— Voilà le carré de gazon dont je te parlais.

Il remonta la plage et se glissa entre les rochers pour atteindre une zone ovale recouverte d'herbe haute. Quelques arbres la protégeaient de la route, offrant une ombre fraîche les jours de grande chaleur et se refermant à présent comme un cocon d'obscurité sur eux. C'était intime. Confortable.

— Assieds-toi.

Melanie se laissa tomber dans l'herbe, les jambes repliées sous elle. Harris s'assit près d'elle et sa main effleura presque la sienne. De nouveau, elle se laissa envelopper par son parfum, si tentant.

— Alors… Cheesecake ? dit-elle vite.

Trop rapide. Trop nerveuse. Trop crispée. Elle tenta de cacher son trouble en plongeant la main dans son sac pour en tirer la petite boîte en plastique et les deux fourchettes. Elle goba la première bouchée et sourit.

— Oh ! mon Dieu ! C'est délicieux !

Harris sourit.

— Je savais que ça te plairait.

— Tu avais raison.

Elle savoura plus longtemps la deuxième bouchée.

Le gâteau était moelleux, la crème à la framboise mêlait douceur et acidité et la croûte croustillait sous la dent.

— Je pourrais me nourrir de ça toute ma vie.

Harris entama sa part de gâteau, puis s'adossa au tronc de l'arbre le plus proche. Un poisson sauta dans l'eau, un peu plus loin, et atterrit dans un petit bruit d'éclaboussure.

— Tu sais, cette soirée me fait repenser à tous ces moments qu'on a passés sur la plage, quand on était plus jeunes.

Oui, des années plus tôt, ils avaient fait des pique-niques au bord de l'eau, ils avaient joué au frisbee et avaient somnolé sous le soleil pendant des après-midi entiers. Melanie s'était laissée aller dans ses bras en rêvant d'un avenir qui n'était jamais arrivé.

« Un jour, on se mariera et on quittera cet endroit, disait souvent Harris. Tu es toute ma vie, Mellie. »

Si elle fermait les yeux, elle pouvait encore entendre sa voix lui murmurer des mots d'amour. Elle imaginait ses baisers, son corps contre elle, en elle, leurs deux univers qui se rejoignaient pour ne former plus qu'un…

Puis le couperet était tombé, brisant tous ses espoirs. Il avait cru le pire, sans lui poser la moindre question. Harris McCarthy l'avait abandonnée quand elle avait eu le plus besoin de lui et, depuis leurs retrouvailles, il ne s'était pas excusé une seule fois. Cela seul aurait dû la convaincre de ne pas se laisser séduire à nouveau.

— Oui, c'étaient de bons moments, répondit-elle.

Elle coupa un nouveau morceau de gâteau, s'interrompit un instant, puis reprit la conversation qui l'intéressait le plus.

— Alors, qu'est-ce qui t'a poussé à plonger tête baissée dans une maison en flammes ?

Certes, elle ne risquait pas d'obtenir un prix pour sa subtilité. Mais ça ne la dérangeait pas. Plus vite elle obtiendrait son scoop et oublierait Harris – avec tous les souvenirs qu'il ravivait –, mieux elle se porterait.

— Des gens étaient en danger, répondit-il entre deux

bouchées. Est-ce que tu te souviens du cheesecake de chez Lou ? J'ai l'impression que celui-ci est encore meilleur.

— Peut-être. Ça fait bien longtemps que je n'ai pas mangé chez Lou.

Elle posa le reste de son dessert près d'elle et se redressa pour le regarder en face.

— C'était très courageux de ta part de te mettre en danger comme ça.

Il poussa un petit soupir.

— Je n'ai pas envie d'en parler, Mellie. Ni avec toi ni avec personne. Oui, il y a eu un incendie, et oui je suis entré dans la maison pour aider la famille. Mais n'importe qui aurait fait la même chose pour des gens en danger. La famille va bien et nous allons commencer à reconstruire la maison dès demain. Fin de l'histoire.

Ce n'était pas vraiment suffisant pour un Pulitzer… Elle pensa insister encore un peu, mais reconnut sans peine le regard déterminé d'Harris. S'il ne voulait pas se confier, il ne dirait rien. Elle devait trouver un moyen détourné de l'amener à lui raconter toute l'histoire. Pourquoi donc était-il si réticent à parler de cet incendie ?

— C'est vraiment un bel endroit, soupira-t-elle. Je comprends pourquoi tu l'aimes tant.

Ce changement de sujet parut l'apaiser un peu.

— Quand j'étais petit et que je voulais fuir mon père, j'allais souvent dans la crique, près de la maison. J'y construisais des cabanes, je pêchais, je faisais tout ce que je voulais pour passer le temps et rester au calme…

— Je me souviens de cette crique.

C'était un couloir étroit et tortueux, en dessous de chez lui, et le sable disparaissait lentement sous les arbres, derrière un petit parc. Ils avaient passé de nombreux après-midi là-bas, à explorer la rive.

— Tu te souviens du jour où on a attrapé des écrevisses à mains nues ?

Harris éclata de rire.

— Tu as hurlé et tu m'en as jeté une au visage.

— Hé ! Elle avait des pinces !

Il lui jeta un coup d'œil amusé.

— Elles ne font même pas dix centimètres de long… Ce n'est pas ce que je qualifierais de menace mortelle.

— Peut-être que je voulais juste te faire *croire* que j'avais peur.

Harris se tourna face à elle, et la distance qui les séparait sembla disparaître.

— Vraiment ? Pourquoi aurais-tu fait une chose pareille ?

Parce qu'il la serrait dans ses bras quand elle avait peur. Quand elle était triste, il déposait un baiser sur sa tempe et lui murmurait des mots qui apaisaient ses angoisses. Il lui répétait que rien ne pourrait lui faire de mal tant qu'il serait là et une part d'elle avait besoin de ce sentiment de sécurité. Elle mourait d'envie de le retrouver.

— J'avais peur de tout ce qui a des pinces ou des antennes, admit-elle.

Il chassa une mèche de cheveux de sa joue.

— Impossible. Tu es une des femmes les plus courageuses et les plus intelligentes que je connaisse.

Si je suis si maligne, pourquoi est-ce que je reste ici en attendant que l'histoire se répète ?

— Je pourrais dire la même chose pour toi. Je t'ai toujours trouvé… brillant.

— Vraiment ?

Il lâcha un petit éclat de rire.

— Pas assez pour éviter de travailler avec mon père, on dirait.

— Pourquoi l'as-tu fait ?

Étant donné sa relation plus qu'hostile avec son géniteur, Melanie s'était attendue à ce qu'Harris s'en tienne à ce qu'il lui répétait sans cesse quand ils étaient ensemble et coupe les ponts le jour de ses dix-huit ans pour ne jamais revenir.

Il haussa les épaules.

— Parce que je voulais qu'il m'aime, au moins autant que je voulais fuir. Je voulais qu'il m'approuve enfin.

Une profonde tristesse et l'amertume de la défaite transparaissaient dans ses paroles. Elle aurait voulu l'enlacer pour le rassurer, comme il l'avait si souvent fait pour elle, mais elle se contenta de caresser l'herbe et de la regarder se redresser après le passage de ses doigts.

— Je comprends. Moi aussi, j'ai du mal à… satisfaire aux attentes de ma mère, murmura-t-elle.

— Je n'arrive pas à comprendre comment les gens qui nous ont donné naissance peuvent être à ce point déçus de ce qu'on est devenus. Je croyais que travailler pour mon père le rendrait enfin fier de moi.

Son regard se perdit dans l'obscurité et il soupira.

— Au lieu de ça, souffla-t-il, ça m'a transformé en quelqu'un que je ne voulais pas être…

— Qu'est-ce que tu veux dire ?

Il avait pourtant l'air égal à lui-même. Intelligent, amusant, solide. Déterminé à faire ce qu'il jugeait juste – sauf quand il s'agissait de lui briser le cœur…

Il ramassa un coquillage en forme d'éventail et se pencha en arrière pour le lancer dans l'océan. Le coquillage fut englouti dans l'écume d'une vague.

— Pour travailler avec mon père, j'ai dû mettre de côté tout ce en quoi je croyais, tout ce que je trouvais juste. J'ai commencé à me réveiller avec l'estomac noué. J'avais des migraines. Inutile d'être un génie pour comprendre que je ne supportais pas ce travail.

— Pourquoi ?

— Parce que mon père me demandait de détruire la vie d'autres personnes, des entreprises qu'il analysait et pour lesquelles il faisait du consulting. S'il leur disait de licencier dix personnes, ces gens le faisaient. S'il leur disait de fermer un service, ils le fermaient. Bien sûr, ça faisait bondir les bénéfices, mais…

Il secoua la tête.

— Il y avait un prix à payer, pas en dollars. En vies humaines.

Elle songea à l'article qu'elle voulait écrire. Au prix

qu'elle était prête à payer pour relancer sa carrière. Non. Hors de question de culpabiliser. La publicité qu'elle apporterait aux Kingston en décrivant l'acte de bravoure d'Harris pousserait plus de gens à faire des donations, et Harris aurait déjà quitté la ville quand son papier serait publié. De toute façon, pourrait-il lui en vouloir de le dépeindre comme le héros qu'il avait clairement été ?

Il s'éclaircit soudain la voix.

— Bref, dès que j'ai commencé à construire des maisons, j'ai enfin eu l'impression que mon travail avait un sens. Point final.

Non, ça ne s'arrêtait pas là. Melanie pouvait entendre derrière ses propos évasifs qu'il taisait quelque chose. Une partie de cette belle histoire ne sonnait pas juste, mais elle n'arrivait pas à mettre le doigt sur ce qui la gênait. Ça faisait bien longtemps qu'elle ne le connaissait plus par cœur.

— Au moins, tu as eu un père. Le mien est mort avant ma naissance, dit-elle. Je me souviens d'avoir été jalouse de tous ces enfants qui sortaient avec leurs pères. Un jour, je me suis même inventé un papa militaire, pour que les autres filles le prennent pour un héros. Finalement, mon choix de carrière était logique : j'ai appris très tôt à mentir.

Elle hésita un instant, puis reprit :

— J'adore ma sœur, bien sûr, mais Abby a toujours été la plus parfaite de nous deux et jamais je ne me suis sentie à la hauteur. Même à la maison, je faisais tout pour avoir l'air plus futée, meilleure, plus gentille. J'aurais dit n'importe quoi pour impressionner ma mère, pour qu'elle me remarque enfin, même si ce n'était pas vrai.

— Parfois, on ment pour de bonnes raisons, remarqua-t-il. Pour protéger les autres.

— Qui, par exemple ?

Au lieu de répondre, il se pencha et ouvrit les bras pour qu'elle se niche contre lui, comme autrefois. Elle n'en avait pas envie. Elle ne voulait pas se rapprocher de lui de peur de sombrer dans la même spirale qu'avant. Parce que, être si près de lui, en tête à tête, réveillait trop de sentiments qu'elle croyait enterrés pour de bon. Des sentiments qui compliqueraient tout, au final. Pourtant, leurs confidences avaient ravivé un lien. Ils avaient été ensemble, incompris et unis par leur besoin de reconnaissance, puis ils s'étaient perdus. À présent, une étrange coïncidence les avait rapprochés de nouveau. Une part de Melanie voulait retrouver le bonheur d'être avec Harris, partager un peu de ce qu'elle avait tant aimé chez lui – ne serait-ce qu'un instant.

Elle ignora donc la voix de la raison et se cala contre son torse si solide. Son corps était chaud et ce parfum, très différent de celui qu'il portait quand il était plus jeune, l'enveloppait d'un délicieux effluve d'épices.

— Regardons la nuit tomber, Mellie, et ne parlons plus du passé.

Il déposa un petit baiser sur son front et, en un éclair, elle se sentit perdre pied. Elle était perdue dans ses bras, dans l'instant, dans le chant doux de l'océan. Perdue en lui, encore une fois…

Demain, se dit-elle. *Demain, je me remettrai au travail.*

7

Harris s'attendait à voir quelques personnes se rassembler pour l'aider à détruire ce qui restait de la maison des Kingston et préparer le terrain pour le nouveau bâtiment. Mais quand il arriva sur place, tôt le matin, il découvrit déjà une douzaine de volontaires pressés autour de Jack Barlow pour se partager les tâches. Tous les frères Barlow étaient là, ainsi que la femme de Mac, Savannah, qui tenait une entreprise de rénovation.

Della et Bobby Barlow distribuaient des donuts et du café à tout le monde. Les Kingston se tenaient un peu à l'écart, le visage rayonnant de gratitude. Catherine avait posé les mains sur les épaules de ses deux aînés. Des larmes perlaient au bord de ses paupières et le plus petit, John Junior, se pressait contre ses jambes. Même John semblait avoir du mal à contrôler ses émotions.

L'étendue du désastre paraissait plus terrifiante en plein jour. Ce qui avait autrefois été le porche de cette vieille maison un peu défraîchie s'était écroulé. On ne voyait plus que deux colonnes fantomatiques et des tas de cendre grise éparpillés sur les ruines de l'ancienne vie des Kingston. Une lampe avait survécu par ici, une casserole par là. La chambre n'était plus qu'une coque vide et charbonneuse. Si on pouvait encore sauver quelques rares objets épargnés, tout le reste allait devoir être remplacé. Le fonds de soutien, ouvert à la banque de Stone Gap, grandissait à vue d'œil au fil des donations, mais il ne suffirait pas. Harris allait devoir faire appel au bon cœur de quelques clients fortunés pour réunir la somme.

Il s'approcha de Jack. Ancien officier de l'armée, celui-ci avait gardé une silhouette musclée et portait les cheveux courts. Il souriait sans cesse et jetait de temps à autre un regard attendri à sa femme enceinte, ravi à l'idée de devenir père. Un soupçon de jalousie traversa Harris. Pour une raison qu'il ne comprenait pas vraiment, il rêvait de trouver une bonne raison pour rester en ville et voir grandir une nouvelle génération de Barlow. Ça n'avait aucun sens.

— Je ne pensais pas voir autant de monde, dit-il.

Jack sourit de plus belle.

— C'est typique de Stone Gap. La quincaillerie d'Ernie a donné pas mal d'outils pour qu'on puisse se mettre au travail dès aujourd'hui. Ma mère dit que vous parlez d'une collecte de fonds pour rassembler l'argent dont nous avons besoin pour la reconstruction. Elle est prête à vous y aider par tous les moyens possibles.

— Merveilleux ! Merci.

Jack contempla un instant la ruine calcinée qui était, quelques jours plus tôt encore, une maison avec trois chambres.

— Quel drame… Quand les gens ont appris que les Kingston n'étaient pas assurés, ils ont voulu faire ce qu'ils pouvaient.

Oui, c'était le charme de ces petites communautés. Harris n'avait pas vu une telle solidarité depuis si longtemps qu'il avait du mal à y croire. Toutes ces années passées à travailler pour son père avaient étouffé sa foi en l'humanité.

Il donna une tape dans le dos de Jack. Comme ses frères, celui-ci était un type bien, un des piliers de la ville.

— Je sais que la famille apprécie tout ce que les gens font pour eux.

Jack haussa les épaules.

— C'est la moindre des choses. Un de ces jours, ça pourrait être vous ou moi…

— Espérons que non. Et merci encore.

À cet instant, Harris aperçut un van blanc orné du logo d'une chaîne télévisée qui approchait. Super. Les médias. Personne n'avait besoin de ça. Il jura intérieurement.

— Je vais me débarrasser d'eux.

Jack l'arrêta d'une main.

— Attends un peu avant de les virer. Je sais que les Kingston tiennent à leur intimité, mais soyons francs : si on doit lever assez de fonds pour reconstruire leur maison, un peu de publicité ne nous ferait pas de mal.

Un peu de publicité. Ça, Harris était prêt à le supporter ; il en avait même parlé à John et Catherine quand il avait mis en place le compte en banque pour les donations. Mais les journalistes allaient poser des questions, c'était inévitable. Bouleversés par ce qui était arrivé, les Kingston lui avaient demandé d'y répondre pour eux.

Harris pensait se contenter d'un appel aux dons dans le journal local. Il n'avait aucune envie de s'encombrer d'un reporter curieux qui chercherait la petite bête. Le seul moyen de s'assurer que tout se passe comme il le voulait était de gérer l'interview seul. Il était hors de question que quelqu'un fasse un lien entre Phillip McCarthy et le dépôt de bilan de l'entreprise de John.

Il s'approcha donc du van. Au même instant, une petite femme brune en sortit. Un homme ouvrit la portière de côté et cala une caméra sur son épaule. Le gros œil noir de l'appareil scanna le décor – les équipes qui se rassemblaient avec leurs gants et leurs casquettes pour commencer la démolition, le bois qui s'empilait déjà au bout du jardin et les volontaires pendus aux lèvres de Jack.

La journaliste se tourna vers son cameraman.

— Prêt, Ed ? Commençons avec la famille. Je vais voir si je peux…

— Excusez-moi, intervint Harris. Vous êtes ici pour faire un reportage sur la famille Kingston ?

— Oui, tout à fait. Vous les connaissez ?

La femme regarda derrière lui, examinant la foule. La brise faisait voleter le col de son chemisier mais ne dérangeait pas une mèche de sa coiffure.

— Est-ce que vous pourriez me montrer M. ou Mme Kingston ?

— Je suis le représentant de la famille, répondit Harris. Ils sont traumatisés par l'incident, et on peut les comprendre. Ils préfèrent ne pas parler aux médias pour le moment.

La brunette se concentra sur lui et le dévisagea de la tête aux pieds avec un grand sourire.

— Et vous êtes… ?

— Un ami.

— Je suis Barbara Gold, de TV 13.

Elle jeta un coup d'œil par-dessus son épaule à Ed qui lui tendit un micro, puis lui fit signe de filmer. Ed s'approcha. Sans laisser à Harris le temps de réagir, Barbara cala le micro sous son menton.

— Vous êtes un ami des Kingston, qui ont perdu tout ce qu'ils possédaient dans un dramatique incendie mardi dernier. Pouvez-vous nous dire ce qui s'est passé ?

— La maison a pris feu. Je suis navré, mais je n'ai pas d'autres détails.

Il mentait, bien sûr, mais cette femme et son chignon indestructible ne le savaient pas. De toute façon, quoi qu'en dise Jack, Harris n'avait aucune intention de lui accorder un entretien.

— Il faut que je retourne aider les autres.

Barbara posa une main sur son bras pour l'empêcher de partir, puis la retira tout aussi vite.

— J'ai entendu dire qu'un inconnu s'était précipité dans la maison en flammes et avait sauvé la famille d'une mort atroce. Savez-vous qui c'était ?

— Non.

L'œil de la caméra s'attarda sur lui, comme s'il cherchait à le percer à jour. *C'est à cause de toi qu'ils n'avaient pas un sou. C'est à cause de toi que John buvait pour noyer sa dépression. Tu aurais aussi bien pu lui tendre une allumette.*

— Il faut vraiment que j'aille aider les autres à démolir ce qui reste. Je sais que la famille apprécierait beaucoup que vous respectiez leur intimité pour le moment. Ils vous parleront sans doute plus tard.

Il leur tendait une perche, même s'il n'avait absolument pas l'intention de laisser cette femme approcher des Kingston. Il était prêt à tout pour persuader la journaliste de remonter dans son van et de quitter les lieux,

Barbara Gold se tut pendant un instant, examinant tour à tour Harris et les travailleurs dispersés au milieu des décombres noircis. Finalement, elle se tourna vers son cameraman.

— Fais-moi juste quelques plans de fond, et on pourra aller s'occuper de l'accident de voiture sur la I-95.

Harris retint son souffle jusqu'au départ de la camionnette, quelques minutes plus tard. Il ne pourrait pas tenir les médias à distance bien longtemps. Mais, avec un peu de chance, quelque chose d'autre attirerait leur attention. Quand cette femme reviendrait pour suivre l'évolution de l'affaire, il serait de retour dans le Connecticut et les Kingston seraient bien installés dans leur nouvelle maison.

Il se retourna vers le chantier et se figea. Au milieu des volontaires, une silhouette familière avait fait son apparition. Elle souriait en parlant à Della. Harris sentit quelque chose se serrer dans sa poitrine.

Mellie.

Elle s'éloigna de Della quelques instants plus tard et alla prendre une des pelles alignées contre le camion de Jack. Son T-shirt en V bleu ciel détourna l'attention d'Harris de son visage. Il ne put s'empêcher d'examiner ses courbes, mises en valeur par son jean bleu marine. Il s'approcha et se saisit à son tour d'une pelle.

— Qu'est-ce que tu fais ici ?

— J'aide.

Elle lui montra son outil et ses gants avec un sourire lumineux. Elle était beaucoup trop belle pour fouiller dans un tas de bois brûlé. Elle ne portait presque pas de maquillage et avait rassemblé ses cheveux brun foncé en une queue-de-cheval qui lui donnait l'air plus jeune, plus douce.

Plus attirante.

— C'est gentil…

Il n'avait pas prévu ce genre de distraction, ce matin. Après leur promenade sur la plage de la veille, il s'était promis de garder ses distances avec elle. Il l'avait serrée dans ses bras, avait embrassé son front, et ça avait suffi à le ramener onze ans en arrière. Pendant quelques minutes, il était redevenu le Harris de dix-huit ans, fou amoureux de cette fille.

Quand il s'était penché pour l'embrasser, elle s'était écartée brutalement et avait prétendu qu'elle avait besoin de dormir. Elle lui avait demandé de la reconduire à l'auberge, ce qu'il avait fait. Pendant le trajet, ils avaient à peine parlé – de tout et de rien – puis s'étaient séparés dans le couloir. Il n'avait presque pas fermé l'œil de la nuit, hanté par sa présence, si proche de sa chambre. Et par le fait qu'elle l'ait repoussé.

Mellie avait été claire dès le début : leur rendez-vous devait rester platonique. La partie rationnelle de l'esprit d'Harris lui répétait qu'ils vivaient dans deux états différents et qu'ils ne passeraient que quelques jours ensemble à Stone Gap. Hélas, ça n'empêchait pas son inconscient de regretter cette soirée sur la plage. Il n'aurait jamais dû se contenter de la serrer dans ses bras.

— Je ne suis pas très… manuelle, dit Mellie en le tirant de ses réflexions. Mais je peux pelleter sans problèmes, ou casser des choses. Ça devrait me détendre.

Elle soupesa la pelle et plia son bras pour faire saillir son biceps.

— J'ai mangé mes épinards, ce matin. Je suis prête.

Harris ne put s'empêcher de rire. D'accord, peut-être

que ça pourrait être agréable de l'avoir avec lui sur le chantier. Très agréable.

— On a besoin de toute l'aide possible, dit-il.

Ils s'approchèrent ensemble des décombres. Plusieurs personnes saluèrent Harris sur son passage et il leur sourit.

— Est-ce que toute la ville te connaît ?

— Quand j'ai construit l'autre maison, au bas de la rue, j'ai passé beaucoup de temps ici. Les gens se sont habitués à me voir.

— Serais-tu devenu un adulte responsable en vieillissant ?

Elle avait demandé ça sur le ton de la plaisanterie, mais Harris avait perçu une étrange amertume dans sa voix. Il la dévisagea un instant et chercha son regard à travers ses lunettes de soleil.

— Oui, en tout cas j'aime à le croire.

— Je le croyais aussi, murmura-t-elle.

Avant qu'il ait le temps de lui poser la moindre question, elle s'immobilisa devant la maison en ruines et soupira.

— C'est vraiment atroce !

Harris s'arrêta, lui aussi, et essaya de voir la scène à sa manière. Le squelette écroulé et noirci du bâtiment s'élevait au milieu d'un cercle de chênes et d'érables. Contre toute attente, la porte d'entrée avait survécu mais son cadre avait disparu. Le mur rouge de l'entrée était couché, vaincu et triste au milieu des cendres grises. Quelques formes irréelles, enfouies sous une couverture poussiéreuse et quelques poutres rongées, témoignaient encore de la vie qui avait existé ici : une table basse, un canapé, une table à manger. Trois lits jumeaux, les deux premiers installés en L dans une chambre et le troisième échoué près d'une armoire, couvert par ce qui ressemblait à une immense empreinte de main noire.

Mellie secoua la tête d'un air incrédule.

— C'est un miracle qu'ils aient tous survécu. Ils te doivent la vie, Harris…

— C'était un incendie terrifiant. Heureusement, il s'est déclaré dans le salon, ce qui nous a laissé le temps d'évacuer toute la famille. N'importe qui en aurait fait autant à ma place.

Il sentait encore la puanteur de la fumée, la chaleur des flammes sur sa peau. À présent qu'il se retrouvait là, devant cette porte d'entrée qu'il avait enfoncée quelques jours plus tôt, il sentit son cœur se mettre à battre plus fort et sa gorge se nouer. S'il était arrivé une minute plus tard, il n'y aurait pas eu que des meubles brûlés à sortir des décombres… Pour la millième fois, il remercia le Ciel de l'avoir placé au bon endroit, au bon moment.

Puis il se souvint que rien de tout ça ne serait arrivé sans lui. Il pouvait se jeter dans une centaine d'incendies, ça ne suffirait jamais.

Catherine Kingston grimpa sur une poutre écroulée et le rejoignit. Elle l'enlaça un instant, puis recula. C'était une petite femme à la minceur presque maladive, mais quand elle souriait, sa présence suffisait à illuminer une pièce. Elle adorait son époux et ses enfants. D'après ce qu'Harris avait pu entendre, elle avait déjà surmonté dans sa vie plus d'épreuves que la plupart des gens. Son visage portait les marques de l'inquiétude et du stress, ses yeux étaient cernés par des nuits sans sommeil, mais son sourire trahissait toujours autant de gratitude et de soulagement.

— Harris, je ne te remercierai jamais assez pour avoir organisé tout ça et pour… le reste, dit-elle avec un signe de tête en direction de la route qu'avait prise la camionnette de télévision.

— Je n'ai pas fait grand-chose, Catherine. Il m'a suffi d'en toucher deux mots à Jack et toute sa famille a décidé d'aider.

Catherine ignora sa modestie et se tourna vers Mellie.

— Ne laissez pas cet homme prétendre qu'il n'est qu'une personne normale. Il est extraordinaire. Non seulement il nous a tous sauvés le soir de l'incendie en nous tirant de nos lits au milieu de la nuit, mais il a pris la tête du chantier et il est en train d'organiser une levée de fonds pour nous. Ses plans pour la nouvelle maison sont presque approuvés par la ville et il a déjà commencé à commander le matériel. Nous n'étions pas assurés, vous savez, et je ne sais pas ce que nous aurions fait sans lui.

— Tu es trop gentille avec moi, Catherine, protesta-t-il.

Il ne méritait pas son regard d'adoration, comme s'il était un super-héros, une sorte de dieu venu à leur secours. Il ne méritait pas de s'attirer des compliments pour quelque chose qui ne serait pas arrivé sans la bonne volonté de toute la ville. Et il méritait encore moins qu'on le remercie alors qu'il était responsable de la faillite de John Kingston.

— Je connais Harris depuis très longtemps, répondit Mellie, et je ne suis pas surprise d'apprendre qu'il a fait tout ça. La plupart du temps, on peut se tourner vers lui les yeux fermés quand on a un problème.

La plupart du temps. Voilà que cette amertume incompréhensible revenait hanter son regard.

— Oh ! tout le temps, même ! s'écria Catherine. C'est un homme formidable. John n'arrête pas de dire à tout le monde que son arrivée a été une bénédiction pour nous.

Elles parlaient de lui comme s'il n'était pas là. Il songea un instant à s'éloigner, mais il connaissait Catherine : elle risquait de vanter ses mérites pendant une demi-heure sans s'arrêter. Et presque tout ce qu'elle dirait ferait écho à ses propres mensonges. Melanie n'avait pas besoin d'entendre ça.

— Catherine, viens nous aider à voir ce qu'on peut encore sauver.

Elle soupira et passa une main dans ses cheveux.

— C'est tellement… bouleversant. Les enfants ont perdu tant de choses… J'ai peur qu'on ne puisse pas récupérer quoi que ce soit d'utile.

— Il y a toujours quelque chose à sauver, répondit Mellie avec douceur. Laissez-moi vous aider.

Ça n'était pas le projet d'Harris. Il avait pensé qu'elle se joindrait aux autres équipes de démolition, pas qu'elle resterait avec lui pour hanter chacune de ses pensées.

Ou le pousser à se demander quel message se cachait derrière ses sous-entendus. La manière dont elle l'avait fui la veille, laissant un gouffre se creuser entre eux, le troublait encore trop.

— Merci, dit Catherine avant de poser la main sur le bras de Mellie. J'espère qu'Harris sait quelle chance il a d'avoir une femme comme vous dans sa vie.

— Oh ! nous ne sommes pas… Je veux dire…

Mellie rougit jusqu'aux oreilles.

— Nous sommes juste amis.

Juste amis. Aïe. La réalité frappa Harris en plein ventre. Et lui rappela que c'était sans doute mieux comme ça.

Il l'avait vue dans les bras d'un autre homme. Elle l'avait laissé la toucher, déposer un baiser sur sa joue. Le jour même où il avait décidé de lui demander de passer toute sa vie avec lui. Bien sûr, ils n'étaient encore que des enfants, immatures, mais cette image terrible ne l'avait jamais vraiment quitté. Il aurait fallu être idiot pour tomber de nouveau amoureux d'elle.

Il préféra donc se concentrer sur la maison brûlée et les gens qui avaient besoin de son aide.

Devant lui, Catherine enjamba l'épaisse poutre qui avait formé le faîtage du toit et contourna un fauteuil bancal. Harris et Mellie la suivirent, ignorant tant bien que mal la puanteur du plastique brûlé.

Catherine s'arrêta dans la première chambre, au milieu de l'ancien dressing réduit à l'état de squelette.

— J'espère qu'il est encore là, murmura-t-elle. Si je pouvais le trouver, peut-être que les enfants…

— Quoi ? demanda Harris.

— Par pitié, faites qu'il soit là !

Elle s'accroupit et commença à fouiller dans les vêtements carbonisés, les jouets noircis, les boîtes déformées. Harris l'aida à repousser ce qui la gênait. La plupart des objets tombaient en poussière entre ses mains. Un nuage de cendre les enveloppa bientôt comme une tempête de neige miniature.

Plus les secondes passaient, plus Catherine semblait paniquée. Soudain, elle retourna un seau en métal et poussa un cri.

— Dieu merci !

Elle se redressa, un ours en peluche noir dans ses bras – un de ces doudous adorés et irremplaçables, avec une pièce de tissu cousue sur le front et des pattes effilochées. Des larmes perlaient au coin des yeux de Catherine.

— C'est celui de ma fille…

D'un seul coup, Harris perçut toute l'étendue de l'amour que Catherine ressentait pour ses enfants. Ses sentiments étaient aussi réels et palpables que la peluche qu'elle serrait contre elle. Jamais il n'avait connu une telle affection – en tout cas, pas venant de ses propres parents. Son père était trop autoritaire, trop dur ; et sa mère était tellement terrifiée par lui qu'elle n'avait jamais eu le courage de s'affirmer. Elle était morte seule, apeurée… Une autre chose qu'Harris aurait du mal à se pardonner.

— Nous allons le faire laver, dit-il.

Il frotta la fourrure de l'ours pour chasser les cendres.

— Je l'emporterai au pressing, ce soir. Je suis sûr qu'ils sauront lui rendre son état originel.

— Merci, Harris.

Catherine étreignait toujours la peluche, sans se soucier des larmes qui coulaient sur ses joues.

— Merci…

Il jeta un coup d'œil à Mellie et remarqua qu'elle aussi semblait sur le point de pleurer. Tous trois restèrent un moment immobiles au milieu des décombres. Les deux femmes sanglotaient en contemplant ce trésor retrouvé et Harris, coincé entre elles, eut soudain l'impression de ne pas avoir sa place ici.

Melanie regarda Catherine rendre son ours à sa fille, qui devait avoir l'âge de Jake. La joie de la fillette illumina le décor sombre de la maison en ruines comme un rayon de soleil. C'était un moment beau et émouvant, du genre des photos qu'on trouve sur les cartes de vœux – à condition qu'on puisse lire sur certaines : On a sauvé ça du feu. Désolé que vous ayez perdu tout le reste.

Cette maison aurait pu être celle de sa sœur. Ses enfants auraient pu voir leurs jouets partir en fumée. Abby aurait pu être là, en train de fouiller dans ses meubles brûlés à la recherche d'une réponse, d'un espoir, d'un moyen de repartir de zéro.

Ou pire, ça aurait pu être sa propre famille. Pendant quelques secondes, Melanie fut incapable de bouger. Elle ferma les yeux et imagina une petite fille avec le sourire et les yeux d'Harris. Une petite fille qui n'existerait jamais. Elle le savait. Elle l'avait accepté depuis longtemps. Néanmoins, certains jours…

Certains jours, elle rêvait d'un autre destin que celui qu'on lui avait servi à dix-huit ans. En quelques jours, le plus beau moment de sa vie s'était transformé en choc dévastateur. Et Harris n'avait pas été là. Harris ne l'avait pas écoutée.

Catherine Kingston fit signe à Harris d'approcher et il rejoignit la famille. Il s'accroupit pour parler aux enfants, la fillette de cinq ans et le garçon de sept. D'un seul coup, le cœur de Melanie se serra.

Aurait-il fait un bon père ? Aurait-il aimé ses enfants ? Les aurait-il embrassés pour les consoler après une chute ? Les aurait-il serrés contre lui quand ils avaient peur ou encouragés à voler de leurs propres ailes ?

Non. Elle ne pouvait pas se permettre de penser à ce genre de choses. Perdre son bébé avait été une bénédiction, en fin de compte. Elle avait été tellement heureuse quand elle avait compris qu'elle était enceinte, malgré sa jeunesse. Puis elle avait perdu l'enfant et avait largement eu le temps de comprendre qu'elle aurait été bien trop jeune pour mener une vie de mère célibataire. Harris, lui, avait disparu de sa vie sans jamais apprendre la vérité. Il avait cru à un mensonge et ne lui avait laissé aucune chance de le détromper. Aucune femme ne voulait d'un père comme ça pour ses enfants.

Elle aurait dû prendre des notes, interroger Catherine et rassembler des informations pour son article au lieu de rester là, à se demander comment sa vie aurait pu tourner si les choses avaient été différentes. Pourtant, elle ne put s'empêcher de contempler cette famille aimante pendant quelques minutes encore avant de se mettre à pelleter les débris et à les charger dans une brouette. Les cendres lui piquaient les yeux et l'odeur détestable de la fumée flottait encore tout autour d'elle.

Au bout d'un moment, Della Barlow approcha pour lui donner une bouteille d'eau fraîche. Des dizaines de volontaires s'activaient autour de la maison comme des abeilles dans un champ de marguerites. Le bourdonnement des conversations et les quelques plaisanteries qu'on échangeait à l'occasion allégeaient l'atmosphère.

— C'est très gentil à vous de nous aider, dit Della. D'autant plus que vous êtes en vacances.

— Je ne pouvais pas rester de marbre face à une telle tragédie.

La culpabilité pointa son nez. Voilà qu'elle mentait de nouveau. Et si elle décidait enfin de dire la vérité à tout le monde ? À Abby. À sa mère. À Della.

À Harris ?

C'était officiel : elle était en train de devenir folle. Peut-être que les vapeurs lui montaient à la tête. Elle but une gorgée d'eau et reposa la bouteille pour soulever une nouvelle pelletée de bois carbonisé.

Della contempla la maison écroulée et soupira.

— C'est effroyable. Mais la famille est saine et sauve, c'est le plus important. Les choses se remplacent, pas les gens…

— Ils ont l'air très gentils.

De l'autre côté du chantier, Melanie aperçut un homme en train de discuter avec Harris et de l'aider à soulever les plus gros débris. Il n'arrêtait pas de jeter de petits coups d'œil à Catherine et ses enfants.

— C'est M. Kingston ?

— Oui. John est un homme formidable. Il a ouvert un salon de coiffure en ville. Autrefois, il était patron d'une entreprise, mais il a fait faillite et il a dû prendre un nouveau départ. Je crois qu'il travaillait dans le salon de son père quand il était petit, c'est comme ça qu'il a appris le métier. Repartir de rien n'est jamais facile et je sais que ce qui est arrivé à son entreprise lui a brisé le cœur. Surtout quand il a dû licencier tous ses employés.

Nouveau soupir.

— Sa famille et lui se battent depuis si longtemps. Voir leur maison brûler en plus du reste a été l'épreuve de trop… Heureusement que la ville les aide, vous savez.

Melanie nota dans un coin de sa tête de fouiller le passer de John Kingston. Peut-être découvrirait-elle l'origine de son amitié avec Harris – et pourquoi il était avec lui le soir de l'incendie. Les Kingston avaient tout d'une famille aimante, normale ; ça ne pouvait être qu'un accident. Un court-jus, peut-être ? Une étincelle venant de la cheminée ? Que s'était-il vraiment passé, cette nuit-là ?

Les Kingston ne la connaissaient pas et elle avait peu de chances de les convaincre de lui parler. Sa meilleure option restait Harris. Hélas, il la rembarrait à chaque fois qu'elle abordait le sujet. Il n'avait pourtant jamais été particulièrement réservé dans sa jeunesse. Pourquoi se fermait-il à la seule mention de cet incident ? Était-il à ce point gêné d'être vu comme un héros en ville ?

Si elle voulait qu'il lui fasse confiance et qu'il lui parle enfin, elle allait devoir passer plus de temps avec lui. Et il faudrait qu'elle trouve un moyen pour résister à l'inévitable tentation qui suivrait. Même maintenant, en le regardant travailler, elle ne pouvait s'empêcher de remarquer la forme de ses muscles sous son T-shirt ou celle de ses longues cuisses dans son jean. À chaque fois qu'il souriait, son estomac se nouait et elle était saisie d'une envie terrible de se rapprocher de lui.

Jack donna soudain un puissant coup de sifflet pour annoncer l'heure du repas. Melanie se détourna d'Harris, posa sa pelle contre un poteau et accompagna Della jusqu'aux tables de pique-nique. Un arc en ciel de chaises pliantes s'étalait dans l'herbe.

Dylan et Abby arrivèrent dans leur camionnette. Ils en descendirent et ouvrirent la porte arrière pour laisser sortir Cody et Jake. Ce dernier se précipita vers Melanie comme un jouet sur ressort.

— Tante Melanie ! On est venus aider !

— C'est super ! Quelques paires de mains supplémentaires ne seront pas de trop, surtout venant de grands garçons comme toi, répondit-elle en lui ébouriffant les cheveux.

Il lui offrit un sourire radieux. C'était vraiment le gamin le plus adorable du monde…

— Les garçons n'ont pas école cet après-midi, expliqua Abby, et Mavis s'occupe du centre communautaire, alors on a décidé de se joindre aux efforts de tout le monde.

Elle leva les yeux par-dessus l'épaule de sa sœur et sourit.

— Harris ! Ça fait plaisir de te voir !

— Salut, Abby et Cie.

Il se glissa près de Melanie, comme si c'était la chose la plus naturelle au monde. Après avoir serré la main de Dylan, il se mit à discuter avec les garçons du centre communautaire et du nouveau terrain de basket qu'il avait financé et installé lui-même. Comme avec Catherine, il refusa le moindre remerciement ou toute forme de gratitude.

— Nous sommes sur le point de nous régaler grâce aux talents culinaires de Della Barlow. Vous voulez vous joindre à nous ?

— Je peux m'asseoir près de toi, Tante Melanie ? demanda Jake. S'il te plaît…

— Bien sûr que oui.

Elle lui sourit et ajouta sur un ton de confidence :

— Tu es la personne au monde avec qui j'aime le plus manger.

Le gamin, rayonnant, se tourna vers Harris.

— Tu sais, je me suis beaucoup entraîné à tirer au football, dit-il en balançant fièrement sa jambe d'avant en arrière. Exactement comme tu me l'as montré !

— C'est parfait, mon grand, répondit Harris avant de s'accroupir pour se mettre à sa hauteur et de le regarder très sérieusement. Il faut bien placer ton pied d'appui en face du ballon pour garder l'équilibre. Ça t'aidera à mieux viser et à marquer des buts.

Harris avait financé le terrain de basket du centre ? Il apprenait à son neveu à jouer au football ? Qui était cet homme ? Apparemment, il avait profité de leur séparation pour se transformer en une sorte de super-héros…

Où était ce Harris-là, quand j'avais besoin de lui ? La douleur familière que Melanie avait déjà ravalée un millier de fois revint lui nouer l'estomac et l'étouffer. Cette même douleur qui l'avait empoignée quand elle avait quitté la clinique.

— Viens, Jake. Allons trouver des places, dit-elle en prenant la main de son neveu pour l'éloigner d'Harris, le nouveau bienfaiteur de Stone Gap.

Ils s'installèrent à l'une des tables. Jake grimpa sur une chaise à gauche de Melanie. Abby et Dylan s'assirent en face et Cody alla rejoindre des amis un peu plus loin. Ce qui ne laissait qu'un choix à Harris : prendre le siège à droite de Melanie.

Il était si près d'elle qu'elle pouvait encore percevoir son parfum si envoûtant. Un coup d'œil discret lui permit même d'apercevoir les quelques poils de barbe que son rasoir avait ratés, ce matin. Elle admira sans en avoir l'air ses longs doigts qui se refermaient sur la cruche de limonade pour se servir avant de la faire passer à ses voisins.

— Melanie ? Tu m'écoutes ?

Elle se redressa d'un bond et fit de son mieux pour se

concentrer sur sa sœur. Elle remonta ses lunettes de soleil sur son front et sourit.

— Désolée, Abs. Je rêvassais.

Abby éclata de rire.

— Pas de souci. Je te demandais juste si tu aurais le temps d'aller essayer les robes avec moi, demain matin. Nous pourrons prévoir les dernières retouches de la mienne et voir si la tienne a besoin d'être ajustée.

— Bien sûr, compte sur moi.

Elle avait commandé sa robe de demoiselle d'honneur en ligne et l'avait fait expédier directement chez Abby.

— Je n'arrive toujours pas à croire que je vais me marier !

Abby adressa à Dylan un sourire plus amoureux que jamais et lui prit la main. Il se pencha pour l'embrasser. Ce simple geste était empreint de plus d'affection que tout ce que Melanie avait pu voir entre deux personnes. Abby contempla encore un instant son fiancé avant de se détourner.

— Harris, si jamais tu es toujours en ville, tu seras le bienvenu à la cérémonie ! Ce ne sera pas une grosse fête, juste un pique-nique dans le parc municipal. On serait ravis de t'y voir, surtout après ce que tu as fait pour cette ville et les garçons.

Harris jeta un rapide coup d'œil à Melanie. L'espace d'un instant, elle voulut hurler : « Non, ne viens pas ! » S'il assistait au mariage, il lui proposerait certainement de danser avec lui, nichée dans ses bras… Et elle savait à quel point il dansait bien.

— Ce serait avec plaisir, dit-il. À condition que la demoiselle d'honneur me réserve une danse…

Bon sang, il lisait dans les pensées, maintenant ? Il fallait vraiment qu'elle apprenne à se cacher plus souvent derrière ses lunettes de soleil. Qu'elle devienne mystérieuse et *beaucoup* plus silencieuse. Elle fit redescendre les lunettes devant ses yeux.

Heureusement pour elle, elle n'eut pas le temps de

répondre car Jake se mit soudain à lui tirer la manche avec frénésie.

— Tante Melanie, tu viendras voir mon match de foot ? C'est samedi, et je suis sûr de marquer un but, cette fois !

— Bien sûr que je viendrai. Il est hors de question que je rate ça.

Elle se concentra sur son neveu pendant le reste du repas, mais une part de son esprit n'arrivait pas à se détacher de l'homme assis près d'elle – si près qu'elle sentait la chaleur émaner de son corps. Harris parla avec Dylan et Abby de la reconstruction de la maison des Kingston.

Dès que Melanie eut terminé son sandwich, elle bondit sur ses pieds.

— Je vous laisse, annonça-t-elle. J'ai une interview à faire. Abby, on se voit pour le repas, ce soir ?

Sa sœur acquiesça.

— Sans problème. Je vais préparer des spaghettis.

Cette bonne nouvelle arracha un cri de joie à Jake. Melanie l'embrassa sur le front.

— Peut-être même que je m'entraînerai au foot avec toi dans le jardin après manger, mon grand.

— Youpi ! Je vais te montrer comment on tire. Tu m'as déjà vu faire ? Je shoote très fort !

Son enthousiasme contagieux se déversait comme la lave d'un volcan.

— On pourra aussi jouer avec mon chien, si tu veux. Il est tellement rigolo quand il court après le ballon.

— Bien sûr, tout ce que tu voudras.

Melanie resta un instant campée devant la table, soudain gênée.

— Euh, Harris… J'imagine qu'on se reverra plus tard.

Elle sentit ses joues s'empourprer et bafouilla un peu. Depuis qu'elle l'avait vu avec les enfants Kingston et Jake, elle n'était plus certaine de savoir comment se comporter avec lui. La partie la plus sentimentale de son cœur n'arrêtait pas d'imaginer la vie qu'ils n'avaient pas eue ensemble.

Parce qu'elle avait perdu son bébé. Et Harris, voyant un ami la réconforter, avait perdu confiance en elle. Comme si les jugements acerbes de sa mère ne suffisaient pas. Elle n'avait pas besoin de passer du temps avec un homme qui faisait la même chose.

— Avec plaisir, je meurs d'impatience, répondit-il.

Un sourire chaleureux et sincère illumina son visage. Leurs regards se croisèrent pendant quelques secondes.

Bien après que Melanie eut retrouvé sa voiture et traversé la ville pour interviewer la doyenne de Stone Gap, ce sourire resta gravé dans son esprit. Chaque mot, chaque geste d'Harris la hantait. Une fois de plus, il était apparu dans sa vie pour chambouler tous ses projets d'avenir.

8

Harris attrapa une bouteille de bière dans le réfrigérateur et se dirigea vers l'entrée de l'auberge. Sa longue journée sur le chantier de la maison s'était achevée quand le soleil s'était couché et avait rendu le travail trop dangereux dans l'ombre du soir. Harris était rentré dans sa chambre et avait entrepris de commander du contreplaqué, de la laine de verre et des fenêtres. Il avait aussi contacté le maçon pour prévoir le coulage de la dalle. Ça lui avait pris un temps fou… Apparemment, il était incapable de se concentrer sur son travail.

Sans doute parce qu'il guettait le pas de Mellie dans le couloir. Elle avait dû s'attarder chez sa sœur après le repas, car il était plus de 22 heures et elle n'était pas encore revenue. Finalement, il avait abandonné son ordinateur et était descendu pour s'offrir une bonne bouffée d'air frais. En tout cas, c'était ce qu'il se répétait.

Mavis dormait dans l'arrière-salle de l'auberge et les autres clients étaient partis dans la journée, laissant la maison presque vide. Aussi, quand la porte d'entrée s'ouvrit un peu après 22 h 30, il sentit son cœur battre plus vite.

Pourquoi se torturait-il de cette manière ? Ils étaient séparés depuis de longues années déjà, et avaient chacun construit une nouvelle vie, dans des États – des mondes – différents. Pourtant, de temps à autre, l'adolescent impétueux et moins mature qui existait encore en lui espérait bêtement pouvoir réécrire le passé. Il avait fait suffisamment d'erreurs dans sa jeunesse – et quelques autres depuis qu'il était adulte – qu'il aurait aimé effacer. Le destin lui donnait aujourd'hui une seconde chance avec Mellie, une chance de panser leurs anciennes plaies. Pouvait-il vraiment la laisser échapper ?

Il se retourna et la vit, debout sur le seuil. Leurs regards se croisèrent et, pendant une seconde ou deux, il eut peur qu'elle monte se coucher sans même lui adresser la parole. Elle jeta un coup d'œil à l'escalier, comme si elle voulait l'éviter.

— Tu veux une bière ? demanda-t-il, trop vite. Tu n'auras qu'à me dévoiler le secret de la vie éternelle. Tu as interviewé la doyenne de la ville, n'est-ce pas ? Je suis curieux de savoir ce qu'elle a pu te dire.

Était-ce trop pressant ? Trop désespéré ? Trop inconscient ? Bon sang. Comment faisait-elle pour embrouiller toutes ses pensées à chaque fois qu'ils se voyaient ? En un éclair, il oublia le passé, leurs blessures encore à vif. Tout ce qu'il voulait, c'était être avec elle.

Mellie s'avança et déposa son sac et son carnet sur la table de l'entrée. Elle avait l'air fatiguée, comme si elle venait de traverser bien pire qu'un simple entretien et un repas de famille.

— Une bière me ferait du bien, dit-elle.

Harris s'empressa d'aller chercher une seconde bouteille à la cuisine. Il la décapsula et la lui tendit. Elle but une longue gorgée avant de lui indiquer le porche d'un geste. Ils sortirent ensemble sur la terrasse et se laissèrent tomber dans les deux fauteuils en bois.

— Santé, dit-elle en levant sa bouteille.

Le verre tinta. Quelques criquets chantaient dans les buissons. Mellie buvait lentement et, peu à peu, la tension quitta ses épaules.

— Alors ? Comment avance le chantier de la maison ?

— Mieux que je l'aurais cru. On a fini la démolition et on pourra commencer à reconstruire dès demain.

Il avait pressé la commission d'urbanisme pour qu'ils approuvent ses plans. Une donation généreuse pour aider à financer le nouveau terrain de sport municipal avait aidé... Harris savait qu'il devrait combler ce nouveau trou dans ses finances, plus tard, mais il vivait sobrement dans un petit appartement et mettait régulièrement de l'argent de côté pour ce genre de projet.

Au final, son argent allait permettre à une famille de retrouver un toit dans les semaines à venir au lieu de s'entasser pendant des mois dans une chambre d'hôtel ou le sous-sol d'un proche. La journée avait été longue et un peu chaotique, mais Harris pouvait heureusement compter sur les frères Barlow pour l'épauler...

De nombreux résidents de Stone Gap s'étaient déjà activés sur le chantier, la veille, du lever au coucher du soleil. John et sa famille avaient beau ne s'être installés en ville que depuis quelques années, ils faisaient déjà partie de la famille – comme des cousins qu'on n'aurait pas vus depuis longtemps. Pendant quelques instants, Harris se demanda soudain ce que ça ferait de vivre ici pour toujours. Cette idée avait quelque chose de tentant.

Pourrait-il s'installer ici ? Et continuer à accomplir la mission qu'il s'était assignée quand il avait démissionné de l'entreprise de son père ? Pourrait-il, après avoir terminé la nouvelle maison de John, s'accorder un peu de temps pour vivre et poursuivre sa quête des gens qu'il avait blessés ? C'étaient des questions bien graves pour cette nuit sombre... Et il n'avait pas de réponses.

— J'ai proposé à Della de m'aider à organiser une collecte de fonds samedi, pour offrir à la famille tout ce dont ils pourraient avoir besoin : des vêtements, des meubles, de la vaisselle, dit-il. Nous pensions à un barbecue ici, à l'auberge.

— Bonne idée !

Elle posa les pieds sur le bord de son fauteuil et se laissa un peu plus aller contre le dossier.

— Je vais voir si Saul veut que j'écrive une annonce

à faire paraître dans le journal. Je lui en parlerai demain en lui rendant mon article.

— Tu écris toujours tes textes à la main d'abord ?

Au lycée, Mellie avait toujours des blocs-notes dans son sac, sur sa table de chevet, dans la cuisine. Elle les semait partout où elle passait. Harris en découvrait dans tous les recoins, couverts de sa petite écriture bien nette. Elle y notait toutes ses idées, laissant libre cours à son imagination.

Elle releva la tête et lui adressa un petit sourire.

— Oui. Je sais que c'est sans doute une perte de temps, mais mon esprit fonctionne mieux comme ça. En tout cas, pour les histoires qui comptent vraiment.

— Quelles histoires ?

— Pas celles qui parlent de salade de kale ou de cuisses de déesse. Ces articles-là, je les écris toujours à l'ordinateur. Mais j'ai encore une pile de carnets vierges chez moi qui n'attendent qu'un sujet plus substantiel…

Elle se mit à décoller pensivement l'étiquette de sa bière avec son ongle.

— Quand j'ai commencé à travailler pour le magazine, je pensais avoir une chance d'écrire des articles importants. J'ai publié un papier sur les jeunes diplômés qui arrivent en ville et j'espérais qu'on m'en commande d'autres… Hélas, ils ont embauché une nouvelle rédactrice en chef, et le magazine est devenu encore plus futile qu'avant.

La Mellie qu'Harris avait connue n'avait jamais eu de temps à perdre avec les futilités. Elle avait été courageuse, audacieuse – et il avait adoré ça, lui qui était piégé par l'autorité de son père –, mais il ne l'avait jamais vue s'inquiéter de ses vêtements ou de son apparence. Elle ne cherchait pas à porter les derniers jeans à la mode ou la teinte de fard à paupières de la saison.

— Quoi qu'il en soit, ta sœur est très fière de toi. À chaque fois que je la croise, elle ne parle que de ta carrière.

Mellie eut un petit rire cynique.

— Si elle savait…

Elle avait lâché ça dans un souffle, comme si elle avait juste pensé à voix haute.

— Que veux-tu dire ?

Elle secoua la tête, se concentra de plus belle sur l'étiquette de sa bière. Bref, elle évitait son regard.

— Mellie.

Il attendit qu'elle lève enfin les yeux.

— Parle-moi.

Un long silence s'installa. Le poids qui semblait s'être soulevé des épaules de Melanie revint, plus évident qu'avant. Elle but une nouvelle gorgée de bière, puis soupira.

— J'ai perdu mon poste au magazine et je n'en ai rien dit à ma famille.

— Vraiment ? Quand ?

— Il y a un an. Au moment où j'ai divorcé.

Elle déposa un morceau de l'étiquette sur le bras du fauteuil, puis s'attaqua au reste.

— J'ai commencé à dire que la rédaction avait besoin de sélectionner des articles plus profonds. La nouvelle rédactrice en chef a répondu que mon profil ne convenait plus à l'entreprise et elle m'a virée.

Mellie avait toujours eu une plume charmante, avec une pointe de légèreté qui donnait vie à ses dissertations en cours, à ses articles ou aux nouvelles qu'elle écrivait. Comment pouvait-on mépriser ainsi son talent et ses compétences ?

— Est-ce que tu as postulé auprès d'autres journaux ? Des publications qui sauraient apprécier tes textes ?

Elle rit, sans humour.

— Les régimes miracle et les crèmes hydratantes ne font pas bonne figure sur un CV. Et dans une ville comme New York, il y a des milliers de journalistes à la recherche d'un travail. J'ai fait quelques missions en free-lance et j'ai creusé dans mes économies. À présent, me voilà, en train d'écrire pour la *Stone Gap Gazette*. Pour l'instant, en tout cas. J'espère que ça me permettra d'étoffer ma candidature – et de renflouer un peu mon compte en banque.

Mellie devait vraiment être à bout de souffle, si elle acceptait du travail pendant ses vacances. Harris connaissait-il des gens qui pourraient l'aider à trouver un nouveau travail ? C'était peu probable : il évoluait dans le milieu du bâtiment, pas de l'édition ou de la presse. Son impuissance lui laissa une fois de plus un goût amer.

Elle but encore, puis posa sa bouteille sur le lambeau d'étiquette humide.

— Quoi qu'il en soit, je ne suis pas sûre qu'un portrait de la doyenne de la ville m'ouvrira les portes d'une rédaction prestigieuse, mais c'est un début…

— Et c'est toujours mieux que de perdre ton temps à lister les dernières modes en matière de perte de poids, n'est-ce pas ?

Il sourit, mais elle resta de marbre.

— Ouais…

Elle soupira et se leva pour aller s'appuyer à la rambarde. Dos à lui, elle examina le gazon et le lac plongés dans la pénombre, tout ce paysage qui disparaissait lentement dans la nuit.

— Je suis contente que tu aies quitté le cabinet de ton père et que tu aies eu le courage de suivre tes rêves, Harris. Parfois, je me demande si j'ai vraiment trouvé ma voie…

Cet aveu, fragile et vulnérable, le poussa à la rejoindre. Il ne la toucha pas, restant debout tout près d'elle.

— Tu as peut-être dévié de ta route, Mellie, c'est tout. Tu es une grande journaliste et je suis sûr que tu as encore des histoires importantes à raconter.

Elle haussa les épaules.

Il avait tellement envie de la prendre dans ses bras, de l'attirer contre lui comme autrefois, de s'enivrer de son délicieux parfum… Il aurait voulu effacer cette angoisse de son regard et résoudre tous ses problèmes.

— Tu sais, j'ai lu ton article sur les jeunes diplômés de New York…

Elle leva vers lui des yeux surpris.

— Vraiment ? Pourquoi ne m'en as-tu pas parlé ?

— Eh bien… Je ne voulais pas passer pour un harceleur. Qui cherche son ex sur Google…

Une chouette poussa son cri familier dans le silence de la nuit. C'était un chant lointain, solitaire. Harris connaissait bien cette mélancolie. Depuis des années, il vivait seul, après avoir coupé les ponts avec sa famille, balloté aux quatre coins du pays à la recherche des gens que son père avait détruits. La seule femme qui lui avait donné une impression d'appartenance se tenait à quelques centimètres de lui, et pourtant c'était comme s'ils étaient à des milliers de kilomètre de distance.

— Quand je t'ai revue, j'ai été curieux d'en savoir plus sur ta vie. J'ai cherché tes articles et j'ai trouvé celui-ci en ligne. C'était très beau, Mellie. Sincère, tendre, émouvant…

— Peu importe, ça n'a pas suffi à convaincre les journaux.

Il lui prit le menton et l'obligea à le regarder.

— *Un* journal. Pas tous. Tu es un écrivain exceptionnel, Mellie. Quand tu te fais confiance.

— Me faire confiance ? répéta-t-elle d'un air perplexe. Qui te dit que je n'y arrive pas ?

Il la contempla un instant en silence, puis lâcha les mots qui l'avaient démangé depuis qu'il avait découvert qu'elle travaillait pour un magazine sans substance. L'indomptable Mellie d'autrefois n'avait pas sa place dans une rédaction aussi profonde qu'une pataugeoire…

— Je pense qu'écrire sur les salades de kale est une manière de ne pas prendre de risques, et la femme que j'ai connue n'a jamais eu peur de sortir de sa zone de confort.

La Mellie dont il se souvenait prenait des risques. Elle était toujours la première à plonger dans l'eau du haut d'une falaise, la seule qui n'avait jamais peur du noir ou des ours quand elle se promenait en forêt. Certes, elle avait piétiné quelques règles – la plupart, même – en faisant l'école buissonnière ou en volant un paquet de chewing-gum dans l'épicerie du coin, mais elle avait toujours aimé l'aventure, le danger…

Elle était la personne qu'Harris avait toujours voulu devenir. Un être capable de poursuivre ses rêves sans se contenter de la vie qu'un autre avait prévue pour elle. Et c'était un peu ce qu'Harris avait fait le jour où il était entré dans le bureau de son père pour lui annoncer sa démission.

— Où est partie cette Mellie, dis-moi ? C'est presque comme si tu t'étais un jour réveillée dans la peau d'une autre. Qu'est-il arrivé à la fille intrépide dont je suis tombé amoureux ?

Elle secoua tristement la tête et se détourna.

— Tu ne me connais plus, Harris. Tu ne sais rien de ma vie. Les risques peuvent faire mal et j'ai déjà assez souffert comme ça, merci.

Quelque chose lui était arrivé, un secret qui ne cessait de les séparer. Quoi qui ait pu dompter la Mellie d'autrefois, cette chose avait aussi étouffé la lumière qu'il avait tant aimée chez elle.

— À une époque, tu pouvais tout me dire…

— Et à une époque, tu m'as brisé le cœur.

Il ne put réprimer un hoquet de surprise.

— Moi ? C'est *toi* que j'ai surprise dans les bras d'un autre homme !

— Et qu'est-ce que tu as fait quand tu m'as vue, ce jour-là ? Tu as cru que je t'avais trahi et tu as refusé de me parler. Ne viens pas jouer les chevaliers blancs maintenant et faire comme si la moindre confiance était encore possible entre nous. *Tu* m'as quittée, pas l'inverse.

— Dans ce cas, dis-moi ce qui s'est vraiment passé, ce soir-là.

— Ça n'a plus d'importance, maintenant. C'est terminé et j'ai tourné la page.

Des larmes perlèrent au coin de ses yeux, démentant son assurance, et sa voix trembla. Il s'était peut-être écoulé plus de dix ans, mais leur rupture pesait encore sur leurs cœurs.

— Il est trop tard pour réécrire l'histoire, soupira-t-elle.

— Je ne veux rien réécrire du tout.

Ils étaient jeunes et immatures. Peut-être valait-il mieux laisser leur histoire reposer en paix, en effet. Si seulement Harris avait pu remonter le temps et mieux gérer la situation. Ne pas laisser son orgueil et sa colère l'aveugler, cette fois.

— Mais peut-être qu'on pourrait recommencer. Ici et maintenant.

— Tu veux vraiment m'aider ? Transformer ma vie ? Te racheter ?

Elle se rapprocha et redressa le menton d'un air déterminé.

— Raconte-moi ce qui s'est passé le soir de l'incendie. Dis-moi pourquoi tu te plies en quatre pour une famille que tu connais à peine.

Il lui fallut quelques secondes pour faire le lien, pour comprendre qu'elle ne lui proposait pas une seconde chance pour eux. Elle voulait qu'il l'aide à relancer sa carrière.

— C'est tout ce que je suis pour toi ? Un scoop pour te propulser dans les bureaux d'un grand journal ?

— Quoi ? Tu as l'impression que je me sers de toi ? Mais pourquoi ne le ferais-je pas, après tout ? Tu n'es sorti avec moi que pour énerver ton père, je te le rappelle. J'étais la fille un peu rebelle qu'il haïssait et il aurait fait n'importe quoi pour se débarrasser de moi. Mais, heureusement pour lui, tu t'en es occupé tout seul, comme un grand. J'avais tellement besoin de toi, ce jour-là, et tu m'as quittée.

Elle rassembla les lambeaux d'étiquette qu'elle avait arrachés à sa bière et les froissa rageusement dans son poing.

— Arrêtons de faire semblant. Aucun de nous n'a envie de construire quoi que ce soit de réel.

Elle tourna les talons et disparut dans la maison. La porte se referma sur elle dans un claquement qui résonna comme un coup de feu dans la nuit.

9

Bon sang !

Melanie jura intérieurement. Elle avait laissé Harris l'atteindre. L'obscurité, leur conversation calme, leurs souvenirs avaient adouci son cœur. Et puis, sans prévenir, il lui avait rappelé leur rupture et le champ de ruines qu'il avait laissé en elle. Elle avait réagi, comme un serpent pris au piège. Au lieu de faire preuve de subtilité pour lui arracher des confidences, elle lui avait jeté le passé – et la vraie raison de son rapprochement – au visage.

Elle monta dans sa chambre, claqua la porte et resta un long moment assise dans le noir, hantée par le tournant qu'avait pris sa vie. Ses erreurs, les occasions qu'elle avait laissées passer et les détours qu'elle avait pris la saisirent à la gorge. Elle regrettait tant de choses.

« C'est presque comme si tu t'étais un jour réveillée dans la peau d'une autre. Qu'est-il arrivé à la fille intrépide dont je suis tombé amoureux ? »

Cette fille s'était retrouvée seule dans sa salle de bains, la veille de leur rupture, pliée en deux par des douleurs insupportables. Elle avait saigné et compris en un instant que quelque chose de très mauvais était en train de lui arriver. En perdant ce bébé, Melanie s'était rendu compte que son impétuosité et ses mauvaises décisions avaient fini par provoquer le plus grand échec de sa vie. Un échec qui avait été fatal à un petit être qu'elle n'aurait jamais la chance de rencontrer. Peut-être sa fausse couche n'était-elle due qu'à l'alcool ou à une baignade dans l'océan glacé en petite culotte, mais elle n'avait rien fait pour protéger son enfant. Pas plus qu'elle n'avait pris soin d'éviter une grossesse en prenant régulièrement sa pilule. Ce jour-là, elle s'était promis de changer de vie, d'aller à l'université et de devenir autre chose qu'une fille qui transgressait les règles sans se soucier des conséquences.

Elle se tourna et se retourna dans son lit toute la nuit. Finalement, à l'aube, elle se leva et se mit à écrire. Elle rédigea sur son ordinateur l'interview qu'elle avait menée la veille et l'envoya à Saul par mail. Puis elle descendit à la cuisine pour manger quelque chose. Une part d'elle fut déçue de ne pas y croiser Harris. Au fond, c'était une bonne chose. Elle remonta dans sa chambre et s'assit près de la fenêtre avec un bloc-notes flambant neuf et son stylo préféré.

Elle commença à noircir les pages de sa petite écriture serrée. Sa seule chance de quitter cette ville, Harris et tous ses souvenirs amers passait par sa plume.

Elle commença son article sur l'incendie par la découverte de l'ours en peluche dans les décombres et décrivit la tendresse de Catherine quand elle avait rendu le précieux trésor à sa fille avant de la serrer dans ses bras. Puis elle remonta jusqu'au drame en lui-même, laissant un blanc là où elle aurait dû décrire le départ du feu – puisque personne n'avait encore été capable de lui fournir cette information. Peut-être que Colton Barlow le saurait, lui qui était le chef de la brigade de pompiers de Stone Gap. Il avait été le premier sur les lieux, après tout. Elle passerait sur le chantier dans la journée et lui poserait la question.

Avec ou sans Harris, elle était bien décidée à décrocher ce scoop. Après la parution, elle rentrerait chez elle, loin de lui et de tout ce passé qui ne cessait de se rappeler à elle.

Elle remplit plus de deux pages, puis reposa le bloc. Ça faisait du bien de se dérouiller les doigts. Des doigts qui n'avaient pas autant écrit depuis longtemps.

Beaucoup de bien.

Elle avait l'impression de se retrouver en s'abandonnant une nouvelle fois au style d'écriture qui lui plaisait le plus. Des histoires qui comptaient. Des histoires qui pouvaient toucher le cœur des gens, ou qui le feraient si elle parvenait à rassembler les pièces du puzzle manquantes et à leur rendre justice.

Zut ! Elle s'était tellement plongée dans son article qu'elle en avait oublié l'heure ! Il lui restait à peine dix minutes avant de devoir retrouver Abby et leur mère pour leurs essayages. Melanie abandonna son bloc-notes sur le petit bureau de la chambre et se précipita jusqu'à sa voiture de location pour conduire jusque chez Abby. Sa mère l'attendait déjà sous le porche, les lèvres pincées et les bras croisés.

Son pantalon gris et son pull corail auraient pu être les mêmes que ceux que Melanie l'avait vue porter pendant son enfance. Sa mère avait trouvé un style et s'y tenait tout au long de l'année. Seules les couleurs changeaient. Elle avait sans doute trois douzaines de pulls semblables et autant de pantalons confortables. Peut-être était-ce dû à sa carrière de réceptionniste dans une compagnie d'assurance, mais sa silhouette entière semblait crier : « travail »…

— Il était temps, lâcha-t-elle en s'installant sur le siège passager.

— Bonjour à toi aussi, maman, répondit Melanie en refermant sa portière avant de reprendre sa place derrière le volant.

La boutique de robes de mariée n'était qu'à quelques kilomètres de la maison. Elles y seraient vite.

— Abby m'a envoyé un texto pour me dire qu'elle allait être en retard, elle aussi. Elle a été retenue au travail.

— Si elle s'organisait un peu mieux, elle arriverait sans doute à quitter son poste à l'heure, grommela Cynthia avec une moue désapprobatrice. Vous n'avez aucun respect pour les horaires, toutes les deux.

— Maman, Abby a beaucoup plus de choses à faire que nous deux réunies. Ses garçons vont bien et elle a l'air heureuse, ça ne te suffit pas ?

Combien de fois Melanie avait-elle prononcé ces mots ? Hélas, le message n'avait pas l'air de passer…

— Raison de plus pour avoir un emploi du temps cadré, surtout quand on doit s'occuper de deux enfants. C'est ce que j'ai dû faire quand ton père est mort en me laissant seule pour vous élever.

Elle posa son sac de cuir sur ses genoux et croisa les mains dessus.

— Toi, au moins, tu as enfin réussi à prendre ta vie en main. Je suis sûre que tu sauras gérer ton temps, quand Adam et toi aurez des enfants.

— Je… Je ne crois pas qu'on en aura.

Melanie se gara devant la boutique de mariage de Daisy et coupa le contact.

Sans lui laisser le temps d'ouvrir sa portière, sa mère posa la main sur son bras.

— Quoi ? Pourquoi ? Adam serait un père formidable ; bien meilleur que l'idiot auquel Abby était mariée.

Cynthia n'avait jamais aimé Keith, l'ex-mari d'Abby. Et sur ce point, Melanie était du même avis qu'elle : il avait laissé Abby seule avec les enfants plus d'une fois… D'un autre côté, Adam avait su impressionner leur mère avec son charme ravageur. Sans doute parce qu'il figurait en couverture des magazines qu'elle voyait au supermarché, ou parce qu'il avait un don inné pour s'attirer l'affection des gens. Quoi qu'il en soit, elle avait décidé dès le premier jour qu'il ferait un gendre idéal et n'avait jamais eu l'occasion de découvrir ses défauts – son égoïsme, son instabilité, son machisme.

Harris aurait été un bien meilleur choix. Terre à terre, intelligent, amusant…

— Allons faire nos essayages, maman.

Melanie sortit de la voiture avant que sa mère puisse lui poser d'autres questions et tint la porte de la boutique ouverte pour elle. Une boutique qui aurait pu faire office de maison de ville pour Barbie, à en croire le décor. Des méridiennes blanches molletonnées étaient installées sur la moquette rose, au milieu d'une multitude de miroirs. Des robes de toutes les couleurs étaient accrochées aux portants qui recouvraient presque les murs. Au centre de la pièce, une petite table se dressait fièrement, garnie de flûtes de champagne et d'une pyramide de macarons.

Parfait. Si Melanie devait vraiment passer des heures à se pavaner dans une robe de soirée et à bavarder avec sa mère, l'alcool et les pâtisseries l'aideraient à tenir le coup. Surtout l'alcool.

La vendeuse se précipita pour les accueillir et leur tendit deux flûtes de champagne.

— Bonjour ! Je suis Daisy. Vous devez être la famille d'Abby. Mettons-nous au travail. Vous pouvez laisser vos affaires sur le divan, là-bas, et je m'assurerai que le champagne reste frais pendant que vous essayez vos robes. Bon programme, hein ?

— Super, répondit Melanie.

Peut-être un peu trop vite. Elle sentait déjà la pression des attentes de sa mère réveiller tous les secrets qu'elle avait gardés, les mensonges qu'elle avait prononcés. Tout cet univers de fiction qu'elle avait patiemment tissé pour éviter d'avoir à regarder la réalité en face.

En dépit de ses efforts pour mener une vie stable et fuir les risques, elle avait échoué. Encore.

— Très bien ! claironna Daisy. Maman, vous prendrez la salle d'essayage 1, et Sœurette, je vous installe dans la 2. Vos robes sont déjà à l'intérieur. N'hésitez pas à m'appeler si vous avez besoin de quoi que ce soit.

Melanie s'enferma dans la petite salle d'essayage et enfila la robe bleu pétrole qu'elle avait commandée en ligne. Abby lui avait laissé carte blanche en ce qui concernait sa tenue, bien déterminée à ce que le mariage reste aussi simple que possible. La robe avait un décolleté en cœur et était ajustée à la taille, mettant beaucoup plus en valeur les courbes de Melanie que les jeans et les T-shirts qu'elle portait d'habitude.

— Mon Dieu, vous êtes ravissante ! s'exclama Daisy quand elle ressortit de la salle. Venez sur l'estrade.

Elle prit la main de Melanie et la fit monter sur le petit piédestal dressé devant les miroirs.

— Vraiment ravissante, répéta-t-elle.

Melanie était plutôt d'accord. La robe avait l'air encore plus belle que sur le site Internet. Sa mère sortit à son tour, vêtue d'une robe couleur corail clair à petites manches et col rond qui lui arrivait juste en dessous des genoux.

— Maman, tu es superbe !

Cynthia haussa les épaules et grimpa sur le second piédestal.

— C'est Abby qui l'a choisie, dit-elle.

Melanie soupira. Quel était son problème avec Abby ?

— Elle te va très bien. Abby a bon goût.

— Je suis d'accord ! lança Daisy. Je reviens tout de suite : il faut que j'attrape quelques épingles à côté, au cas où il y ait des retouches à faire.

Melanie contempla son reflet dans le miroir. Elle était un peu plus grande que sa mère et avait des cheveux bruns, pas blonds. Elles avaient par contre les mêmes yeux bleu-vert qui changeaient de nuance en fonction de la lumière.

— Sois contente pour Abby, maman. Dylan est un homme bien et je pense qu'il fera un beau-père formidable pour les garçons.

— Je *suis* contente pour elle, répondit Cynthia, qui tournait sur elle-même pour s'examiner sous toutes les coutures. C'est juste que… J'ai toujours voulu le meilleur pour vous deux. Tu as peut-être fait des erreurs, mais regarde le résultat : tu travailles pour un magazine national, tu vis à New York. Abby, elle, se contente de vivre dans ce trou perdu et de gagner à peine un tiers de ton salaire. Je voulais lui offrir une plus belle vie que ça.

Au même instant, Daisy réapparut essoufflée, avec une collection d'épingles piquées sur un coussin à son poignet.

— Très bien. Voyons ce que nous pouvons faire.

Elle se plaça derrière Cynthia et commença à ajuster la robe à sa taille, de chaque côté.

— Un petit pli ici. Et là…

— Mais Abby est heureuse, maman ! lança Melanie. Elle nage dans le bonheur. N'est-ce pas assez ?

— Quand ce type l'abandonnera avec ses gamins, ce n'est pas le bonheur qui paiera ses factures.

D'un seul coup, Melanie comprit d'où venaient l'aigreur et les critiques incessantes de sa mère. Elle en voulait à l'homme qui était mort avant d'avoir joué son rôle de père et elle essayait d'épargner à ses filles les écueils qu'elle-même avait dû traverser pour les élever.

— Dylan ne la quittera pas. Abby fait le bon choix en l'épousant. Tout ne se réduit pas à l'argent.

— Essaie de t'en convaincre, quand tu te retrouves avec deux boulots sur les bras pour nourrir ta famille, soupira Cynthia. Ta sœur et toi devez apprendre de mes erreurs, pas les reproduire.

Daisy se glissa du côté de Melanie.

— Oh ! vous auriez dû commander votre robe une taille en dessous. Il va falloir que je l'ajuste un peu partout.

Elle rassembla le dos de la robe en un pli net qu'elle épingla le long de la couture arrière.

Tiens, voilà une bonne idée d'article, songea Melanie : *« Gâchez votre vie pour perdre cinq kilos sans efforts ! »*

Elle jeta un nouveau coup d'œil au miroir et comprit qu'elle ne voulait pas devenir triste et amère comme la femme qu'elle voyait à côté d'elle. Toutes ses années de travail pour *City Girl* et la trahison d'Adam l'avaient poussée à bâtir des murs autour d'elle et à s'éloigner des gens. Mais, contrairement à sa mère qui décourageait tout le monde à grands coups de jugements arbitraires, Melanie, elle, mettait consciemment de la distance entre elle et ceux qu'elle aimait. Et pour cause : si elle commençait à s'ouvrir, elle courait le risque de montrer au monde entier le désastre qu'elle avait provoqué…

— Je vais avoir besoin d'autres épingles, annonça Daisy. Ne bougez pas, j'arrive.

Cynthia fit gonfler un peu ses cheveux et lissa le devant de sa robe.

— J'espère qu'Abby s'arrangera pour que ce mariage dure, dit-elle. Au moins, vous avez construit une vraie vie ensemble, Adam et toi. Si seulement vous vous décidiez à avoir des enfants…

— Nous n'en aurons pas, maman. On ne peut pas. Parce que…

Dans son enfance, elle mentait pour éviter d'être punie, en quête d'approbation ou juste pour apaiser les remous familiaux. Tous ces mensonges n'avaient cessé de s'empiler, jusqu'à ce qu'elle ne se reconnaisse plus. Elle était devenue quelqu'un d'autre, quelqu'un qu'elle ne voulait pas être. Au final, elle avait dû traverser ses traumatismes seule – sa fausse couche, la perte de son emploi, son divorce – au lieu de chercher le soutien des personnes qui l'aimaient, aussi imparfaites soient-elles.

Le téléphone de la boutique sonna et Daisy y répondit depuis l'autre pièce. Le mur étouffait sa voix enjouée et ne laissait passer qu'un murmure.

— Parce que quoi ? demanda Cynthia.

Melanie ravala sa terreur et laissa enfin la vérité sortir.

— On a divorcé, maman.

— Vous avez…

Sa mère s'interrompit, puis secoua furieusement la tête.

— Non, impossible. Tu me l'aurais dit. Et puis, vous étiez tellement heureux ! Pourquoi avez-vous décidé de vous séparer ?

— Nous n'étions *pas* heureux. Pas depuis des années, si nous l'avons été un jour. Je sais que tu l'aimais bien…

— C'est un homme formidable !

Elle pivota sur les talons pour lui faire face.

— Tu avais de la chance d'être avec lui.

— C'était un vrai salaud, maman !

Melanie soupira. Pendant combien de temps avait-elle

tu la vérité ? Elle n'en avait même jamais parlé à ses collègues. Adam était le chouchou des créateurs les plus en vue, ce qui avait fait de lui une star dans le monde de la presse. Il charmait n'importe qui d'un regard et, les rares fois où Melanie s'était plainte auprès de ses amies de la rédaction, personne ne l'avait crue. Quand le divorce avait été prononcé, elle avait déjà perdu son travail et ça avait été plus facile de se cacher derrière son mensonge.

— Il m'a trompée dès le premier jour. Je l'ai appris quand il est rentré un soir pour m'annoncer qu'il était amoureux d'une autre femme. J'ai demandé le divorce dès le lendemain.

— Et c'était quand ?

— Il y a un an.

— Un an ?

Sa mère jeta un rapide regard en direction de l'arrière-boutique, puis baissa la voix.

— Pourquoi est-ce que tu ne m'as rien dit pendant tout ce temps ?

Melanie voulut se justifier, mais elle ne sut quoi dire. Avouer les raisons de son silence aurait rouvert trop de blessures enfouies. Son enfance. Sa lutte pour satisfaire une mère jamais contente. Cette impression d'échec qui l'avait poursuivie toute sa vie.

Soudain, Abby passa la porte, lui épargnant de devoir chercher une excuse.

— Salut ! Désolée pour le retard. Waouh, vous êtes superbes, toutes les deux ! Les robes sont magnifiques !

Elle se figea devant les miroirs et regarda tour à tour sa mère et sa sœur.

— Euh… J'ai raté quelque chose ?

— Ta sœur vient de m'annoncer qu'elle a divorcé. Il y a un an, déclara Cynthia en calant un poing sur sa hanche. Je suppose que tu le savais et que tu ne m'as rien dit non plus.

— Non, Abby ne le savait pas, protesta Melanie. Je n'en ai parlé à personne.

Hélas, sa mère poursuivit comme si elle ne l'avait pas entendue.

— Pourquoi est-ce que tu ne lui as pas donné de conseils ? Tu es l'aînée, tu aurais dû…

— Maman !

— Je ne savais pas que Melanie et Adam avaient des problèmes…

Abby dévisagea Melanie. Une profonde douleur assombrissait ses yeux.

— Elle n'a jamais parlé de ça.

L'air, dans la pièce rose bonbon, vibrait du poids de la trahison. Abby n'était qu'à un mètre de Melanie, mais le gouffre qui venait de s'ouvrir entre elles paraissait infranchissable. Melanie sentit la culpabilité l'envahir. Elle n'avait jamais pensé à la réaction de sa sœur, quand elle apprendrait la vérité – et comprendrait l'étendue de ses mensonges. Non, elle n'avait pensé à rien, à part son besoin de dissimuler son échec le plus longtemps possible. Pour ne pas décevoir sa famille une fois de plus.

Au final, elle avait empiré la situation.

— Tu m'as menti. Des dizaines de fois, balbutia Abby d'une voix blanche, torturée par la tristesse.

— Je suis désolée…

Ces trois mots ne suffiraient jamais. Mais comment pouvait-elle leur faire comprendre à quel point elle avait voulu les rendre fières ? Comment pourrait-elle leur parler de ce qui avait motivé son départ pour l'université et sa volonté de reprendre sa vie en main pour devenir enfin une adulte responsable ? Pour leur prouver qu'elle pouvait réussir ? Quand elle avait fini par atteindre son but, le château de cartes s'était écroulé sous elle et elle avait tout perdu.

Daisy ressortit de l'arrière-boutique, une imposante robe de mariée dans les bras.

— Abby ! Vous arrivez au bon moment : votre robe est prête pour l'essayage.

Abby jeta un rapide coup d'œil à Melanie, puis se tourna de nouveau vers Daisy.

— Je suis navrée, il va falloir qu'on prenne un autre rendez-vous. Je ne suis pas d'humeur, aujourd'hui.

Puis, sans même un regard en arrière, elle quitta la boutique.

Le poids du marteau lui faisait énormément de bien... Harris essuya son front en sueur d'un revers de la main, puis fouilla dans la boîte de café remplie de clous, près de lui. Quelques mètres plus loin, Jack Barlow soutenait l'autre moitié de la cloison qu'ils construisaient.

— Parfois, j'oublie à quel point ce genre de travail peut être fatigant, remarqua Harris.

— C'est parce que vous êtes un patron. Vous passez vos journées à dire aux autres comment construire des maisons, pas à les faire vous-même, répondit Jack avec un sourire moqueur. Vous voulez que je termine ce mur ?

— Non, ça me plaît. J'ai l'impression de faire quelque chose... d'utile.

— C'est pour ça que j'aime la construction.

Jack glissa le tasseau suivant à sa place et recula le temps qu'Harris le cale à coups de marteau.

— Bon, maintenant que cette cloison est en place, occupons-nous de la suivante. À ce rythme, on va avoir fini cette maison en un rien de temps.

Et ce ne serait pas trop tôt, songea Harris. Il jeta un petit coup d'œil à Catherine qui distribuait de l'eau fraîche et de la limonade aux volontaires. John, lui, coupait les pièces de bois des cloisons et les tendait à Luke Barlow. Dylan avait emmené les enfants Kingston au centre communautaire pour l'après-midi. Vivian Hoffman, du Good Eatin' Café avait offert des sandwichs et, même s'il y avait moins de monde que le premier jour, tous les frères Barlow s'étaient relayés une partie de la journée. Della s'occupait de battre le rappel pour la journée de collecte de fonds et, à en croire les premières réactions, ce serait sans doute un succès.

La journaliste de la chaîne de télé n'était revenue qu'une fois, pour un suivi rapide. Saul avait demandé une interview à John une ou deux fois, mais celui-ci l'avait prié de respecter l'intimité de sa famille et Saul avait laissé tomber. L'un dans l'autre, c'était donc une bonne journée. Même si elle donnait une légère impression de… vide.

Quand il s'était levé, il avait espéré croiser Melanie au petit déjeuner, mais sa voiture de location était déjà partie. Il avait fait de son mieux pour se convaincre que c'était une bonne chose. L'autre soir, elle lui avait clairement fait comprendre que tout ce qu'elle attendait de lui, c'était un scoop. Ses paroles le faisaient encore souffrir, comme une gifle qu'il n'aurait pas vu arriver. S'il avait craint que de nombreuses personnes essaient de lui arracher la vérité, Melanie Cooper n'avait pas fait partie de la liste.

— On dirait que les renforts arrivent, annonça Jack avec un signe de tête en direction de la rue.

Harris se retourna et vit Mellie descendre de voiture. Seigneur, qu'elle était belle ! Ses cheveux étaient rassemblés en queue-de-cheval haute, dévoilant les lignes souples de sa gorge. Son regard s'attarda sans le vouloir sur le profond décolleté en V de son T-shirt, puis sur l'arrondi de sa poitrine, la courbe de ses hanches. Les années avaient passé et la vérité lui faisait toujours autant mal, mais il ne pouvait pas empêcher son cœur de battre plus fort à chaque fois qu'il la voyait.

Il devenait vraiment masochiste ! Il se concentra de nouveau sur son travail et faillit se casser le pouce quand son marteau rata la tête du clou d'un kilomètre.

— On dirait que vous vous laissez un peu distraire, gloussa Jack, près de lui. Je comprends : une femme comme ça, ça peut rendre fou.

— Qui ? Melanie ? Il n'y a rien entre nous. Nous sommes juste…

— Amis ?

Jack ne cacha pas son scepticisme.

— Quand je vois votre regard, et le sien, j'ai l'impression que vous êtes beaucoup plus que ça…

Harris, lui, ne voyait rien de changé chez Mellie. Il prit un nouveau clou et l'enfonça à sa place d'un bon coup de marteau.

— Nous sommes juste amis, répéta-t-il d'une voix ferme.

Peut-être qu'à force de le dire, il finirait par s'en convaincre.

— Si vous voulez mon avis, vous ne devriez pas laisser s'échapper cette femme, dit Jack à mi-voix. Je sais de quoi je parle : j'ai laissé Meri s'éloigner après le lycée et j'ai vraiment cru la perdre avant qu'elle me donne une seconde chance. Croyez-moi, elle est la meilleure chose qui me soit arrivée.

— Oui, je comprends ce que vous voulez dire. Mais toutes les relations ne sont pas aussi simples.

— Tout est simple quand on tient l'un à l'autre. Je vous ai vus ensemble, tous les deux, répondit Jack en s'étirant le dos, les poings sur les hanches. Je crois que j'ai besoin de faire une pause… Allons boire un coup avant de revenir finir ça.

— Pas de problème.

Harris posa son marteau si vivement qu'il bascula de l'établi improvisé et tomba par terre. Il le replaça d'un geste maladroit, puis épousseta la sciure de son jean avant de rejoindre Mellie. Qui, comme par hasard, s'approchait aussi de la fontaine d'eau fraîche, à croire que Jack avait tout orchestré lui-même. Harris lui jeta un coup d'œil soupçonneux, mais son compagnon s'éloignait déjà avec un grand sourire satisfait.

— Tu es venue nous aider ? Ou essayer de déterrer des infos pour ton article ?

Elle lui lança un regard noir.

— Pourquoi est-ce que tu as tant de mal à croire que je puisse avoir juste envie de donner un coup de main ?

— Parce que la dernière fois que nous avons parlé,

j'ai eu la très nette impression que ce scoop était tout ce que tu attendais de moi. Et je n'ai pas l'intention de me confier, ni à toi ni aux autres.

— Et si on faisait une trêve, d'accord ? Oui, je *suis* ici pour un article, mais seulement au sujet de la collecte de fonds, cette fois. Je ne suis pas sans cœur, Harris.

Elle s'approcha d'un pas.

— Tu me connais. En tout cas, tu me connaissais autrefois. Est-ce que j'ai déjà été du genre à me servir des gens pour arriver à mes fins ?

— Oh non, seul mon père peut prétendre à cet honneur.

Harris la contempla encore quelques instants, admirant la forme en cœur de son visage et le petit sourire qui flottait sur ses lèvres. Tout son corps rêvait de la toucher, quitte à en souffrir plus tard. Une petite voix insidieuse lui murmurait aussi qu'elle attendait peut-être plus de lui qu'un simple récit de l'incendie, qu'elle n'avait dit ça que sous le coup de la colère. Il finit par lui tendre la main.

— D'accord. Faisons une trêve.

Elle lui serra la main et rit.

— Marché conclu.

Harris attrapa deux bouteilles d'eau et lui en tendit une. C'était ce qu'il avait trouvé de mieux pour s'écarter d'elle et changer de sujet rapidement. À chaque fois qu'il s'approchait de Mellie, ses pensées se mélangeaient dans sa tête et il était tenté d'oublier les raisons qui les avaient poussés à se séparer, autrefois.

— Je ne pensais pas que la maison se reconstruirait si vite. L'aide des Barlow est inestimable…

— On dirait que cette ville fait équipe, remarqua Melanie. Pour une journaliste blasée comme moi, c'est rafraîchissant : ça me redonne un peu foi en l'humanité.

— Il y a encore beaucoup de gens bien ici, c'est vrai. J'avoue que je commence à m'attacher à cette ville.

Ça faisait déjà plusieurs semaines qu'il était installé à Stone Gap, et le Connecticut semblait s'éloigner de lui de jour en jour.

— Moi aussi…

Elle déboucha sa bouteille et but une longue gorgée.

— Je me suis beaucoup amusée à écrire le portrait de la doyenne pour Saul. Il l'a tellement aimé qu'il a commencé à me proposer de reprendre la rédaction pendant qu'il irait pêcher et profiter de sa retraite.

Si Mellie acceptait, elle serait obligée de vivre à Stone Gap. Étant donné qu'Harris envisageait déjà de s'y installer lui-même, cela les forcerait à se croiser plus souvent – et il ne savait pas vraiment si c'était une bonne ou une mauvaise chose…

— Tu sais, en devenant rédactrice d'un journal, tu pourrais choisir toi-même les articles à publier. Tu serais libre de promouvoir des textes denses ou plus légers. Plus de salade de kale, ni de régimes…

Mellie éclata de rire.

— Peut-être que Saul pourrait préciser ça dans sa petite annonce.

Harris s'adossa à l'arbre le plus proche et but une gorgée d'eau. Le soleil brillait et quelques joyeux nuages cotonneux portés par la brise mouchetaient le ciel bleu. Le vent léger portait jusqu'à lui le murmure des conversations des bénévoles et le battement rythmique des marteaux. Quelque part, une scie circulaire se mit à siffler.

— Je suis d'accord, au sujet de cet endroit, dit-il. Je me dis même que je pourrais m'y installer définitivement.

— Vraiment ? Pourquoi ?

— Rien ne me retient dans le Connecticut. Je ne parle plus à mon père, et ma mère est morte l'année dernière. Et puis, je me sens bien ici. Tout le monde est si gentil.

Il y avait suffisamment de travail dans la construction pour lui permettre de remplir son carnet de commandes. Bien sûr, il ne pourrait sans doute pas pratiquer les mêmes tarifs que dans le nord, mais la vie était moins chère ici.

— Si seulement je pouvais profiter de la cuisine de Della tous les jours, ce serait idéal !

Mellie éclata de rire.

— Tu ne penses pas que ça te coûterait un peu cher de vivre à l'auberge, juste pour manger quelques bons repas ?

— Il faudrait que je construise beaucoup de maisons pour me payer ça, c'est sûr.

Il la regarda encore un instant, puis demanda :

— Et toi ? Vivre ici te coûterait beaucoup moins cher qu'à New York. Et ça te permettrait aussi d'accepter les missions que tu voudrais, même sans reprendre la rédaction de la *Gazette.*

Elle eut un petit rire perplexe et un éclat moqueur traversa son regard.

— Tu me proposes d'emménager avec toi ? Ou quelque chose comme ça ?

Cette idée ne le terrifia pas, bien au contraire. La possibilité de pouvoir croiser Mellie plus souvent lui semblait… agréable. Il essaya de deviner le fond de ses pensées, mais elle restait aussi distante que la brise – et aussi difficile à cerner. Finalement, il s'approcha. Elle le regarda, les yeux écarquillés, et il sentit son parfum flotter jusqu'à lui. Il ne put s'empêcher de contempler ses lèvres.

— Quelque chose comme ça, oui, murmura-t-il.

— Harris, tout ce qui peut se passer entre nous est temporaire, ce n'est rien de plus que…

Au diable la prudence et le passé ! Il se pencha, la prit dans ses bras et l'embrassa. Elle hésita un instant avant de passer les mains autour de sa taille. Il sentit la bouteille d'eau froide dans le creux de son dos. Elle lui rendit son baiser, et il se souvint à quel point le corps de Mellie s'était toujours coulé sans efforts contre le sien, remplissant tous les creux, tous les vides.

Son baiser était tendre et doux. Harris sentit renaître en lui une émotion oubliée, après toutes ces longues nuits de solitude et d'obscurité. Il laissa tomber sa bouteille par terre et prit le visage de Mellie entre ses mains pour l'attirer encore plus contre lui. Un petit gémissement échappa de ces lèvres sensuelles, répondant au grondement du désir qui faisait rage en lui. En un éclair, toute pensée rationnelle s'effaça de son esprit.

Ce fut le grincement de la scie qui le ramena à la réalité. Ils étaient dans un lieu public, bien loin d'un lit ou d'une chambre quelconque. Pourtant, tout son corps le suppliait de se cacher sous un drap avec Mellie. Tout de suite. Et pour toujours.

Il se raccrocha au peu de bon sens qui lui restait, recula et lui sourit. Elle avait les joues roses et le souffle court.

— Temporaire, peut-être, mais pas insignifiant pour autant, dit-il.

Elle secoua vivement la tête.

— Je rentre à New York comme prévu, Harris.

C'était étrange : elle avait l'air moins sûre d'elle que la dernière fois qu'elle l'avait affirmé.

— Pourquoi est-ce qu'on ne discuterait pas de cette notion de temporaire autour d'un bon repas, ce soir ? Que tu restes ou que tu repartes, ce ne sera qu'une soirée…

Elle réfléchit quelques instants à sa proposition. Si longtemps qu'il commença à craindre qu'elle refuse, mais elle finit par acquiescer.

— On retourne au Sea Shanty ?

— Non, je pensais à un endroit un peu plus intime…

Il se rapprocha d'elle, une main toujours appuyée sur sa taille. Elle écarquilla les yeux de plus belle et ses joues s'empourprèrent davantage.

— Rendez-vous dans ma chambre à 19 heures ?

Mellie se fendit d'un sourire, aussi affectueux et sensuel que ceux d'autrefois.

— Tu comptes cuisiner pour moi ?

— Pas si j'arrive à convaincre Della de nous préparer une de ses spécialités.

Il se pencha un peu plus, résistant à l'envie de l'embrasser encore une fois.

— Je te promets que nous aurons quelque chose de comestible à nous mettre sous la dent. Et de mémorable. Dis oui, Mellie. Je t'en prie, dis oui.

— Il est difficile de te résister, Harris McCarthy.

— Ça vaut pour toi aussi, Melanie Cooper.

Il l'embrassa une dernière fois, rapidement, puis retourna sur le chantier.

10

C'était une folie.

Et ça allait forcément déboucher sur une très mauvaise décision.

Elle aurait dû annuler.

Melanie attrapa son téléphone au moins une demi-douzaine de fois pour envoyer un texto à Harris et lui proposer de la rejoindre au Sea Shanty, ou dans n'importe quel lieu public de la ville. Tout valait mieux que sa chambre. Parce que se retrouver seule avec lui dans une pièce fermée la pousserait à…

À faire des erreurs. À perdre le contrôle sur un désir qu'elle avait cru étouffé depuis longtemps. Il y aurait forcément un lit, dans cette chambre, et après leur baiser de l'après-midi…

Depuis leurs retrouvailles, elle avait souvent pensé au fait de se retrouver dans un lit avec lui. Elle se souvenait de sa douceur, de ses attentions, de la manière dont il lui faisait l'amour, avant. Il connaissait son corps par cœur. Il savait ce qu'elle aimait et, à chaque fois, ses caresses avaient été meilleures que les précédentes. Est-ce qu'il se souvenait de ce qui la faisait frissonner ?

Elle prit une douche, s'épila les jambes – en ce répétant que c'était uniquement parce qu'elle le voulait, pas parce qu'elle imaginait déjà les mains d'Harris sur sa peau –, coiffa ses cheveux avec soin et, ignorant sa collection de jeans, choisit l'unique robe qu'elle avait glissée dans sa valise. C'était une tenue simple en coton jaune, avec un col en V et des lignes ajustées qui embrassaient sa silhouette. Elle s'était toujours sentie belle dedans.

Non pas qu'elle se soucie de ça, bien sûr. Elle essayait juste de se sentir à l'aise. Oui. Rien de plus. Elle avait simplement accepté de manger avec Harris pour obtenir enfin son scoop sur l'incendie. Une vague culpabilité lui rappela ses paroles de l'après-midi. Elle avait prétendu ne pas se servir des gens pour arriver à ses fins, et voilà qu'elle le faisait… Pourtant, publier cette histoire pourrait avoir des conséquences positives. Ça pourrait apporter un coup de main supplémentaire à la famille. Harris devait forcément s'en rendre compte, non ?

Elle attrapa la bouteille de vin qu'elle avait achetée à l'épicerie en rentrant et sortit dans le couloir. C'était de la folie, se répéta-t-elle une fois de plus. Aller à un rendez-vous dans la chambre d'un homme. De la folie pure. Il était encore temps de se réfugier derrière sa porte et d'appeler Harris pour annuler.

Sauf qu'elle ne tourna pas les talons. Elle ne renonça pas à la dernière minute.

Harris ouvrit la porte dès qu'elle frappa. Était-il aussi nerveux qu'elle ? Avait-il guetté le bruit de ses pas, l'oreille collée au battant ? Cette éventualité éveilla un frisson d'excitation en elle.

Il sourit.

— Pile à l'heure. J'avoue que je suis un peu surpris…

— Je me suis débarrassée de beaucoup de mes mauvaises habitudes du lycée.

Elle lui tendit la bouteille en faisant de son mieux pour ne pas avoir l'air d'une adolescente un peu gauche. Elle avait passé l'après-midi à repenser à ce baiser, sur le chantier. Au plaisir qu'elle y avait pris. À son envie de recommencer et aux problèmes qu'elle s'attirerait si elle cédait. Maintenant encore, en voyant Harris devant elle, son cœur se mit à battre plus fort et une flamme de désir dansa au creux de ses reins.

— J'espère que tu aimes le vin rouge, dit-elle, embarrassée.

Il la fit entrer et referma la porte derrière elle. Le cliquetis du loquet la fit frémir. À présent, elle n'avait pas d'autre choix que rester. Il avait installé un petit haut-parleur près de son téléphone et une chanson d'amour s'en échappait, emplissant la pièce de son rythme lent et sensuel.

— Le rouge me va très bien, répondit-il. Je me moque du vin, c'est la compagnie qui m'importe le plus…

D'un seul coup, la pièce parut se réduire. Tout ce qui comptait pour Melanie, c'était Harris – et le lit qui semblait attendre, juste à côté d'eux. Elle sentit les effluves épicés de son parfum et la chaleur de son corps qui venait l'envelopper. Elle en oublia presque son propre nom.

— Alors… Euh… Qu'est-ce qu'on mange ?

Harris avait tiré le petit bureau blanc loin du mur et avait déniché une seconde chaise, quelque part dans l'auberge. Deux assiettes couvertes étaient posées sur la table improvisée. Du vin, des verres, des serviettes en tissu et des couverts élégants donnaient une véritable impression de luxe. Il souleva les couvercles métalliques d'un geste solennel.

— Voilà ! Le poulet marsala spécial de Della, accompagné de sa purée de pommes de terre et d'asperges poêlées. Oh ! et des biscuits maison. Elle dit que ce sont les meilleurs de tout le Sud, et je la crois.

— Ça sent divinement bon…

Son estomac gargouilla son assentiment et elle se mit à saliver malgré elle. Della était une excellente cuisinière et si les odeurs qui montaient des assiettes ne mentaient pas, ils allaient se régaler.

Harris tira l'une des chaises et invita Melanie à s'asseoir avec un salut théâtral.

— Milady ?

Elle éclata de rire. Harris avait toujours eu un côté

galant ; c'était l'une des choses qu'elle aimait le plus chez lui. Tous les autres garçons du lycée étaient gauches et égoïstes, mais Harris… sortait du lot. Peut-être était-ce à cause de son éducation bourgeoise, ou parce que la galanterie avait quelque chose de génétique. Quoi qu'il en soit, elle aimait ça.

— Si j'avais su que notre dîner serait aussi formel, j'aurais mis une toilette plus habillée.

Il la contempla un instant, tandis qu'elle approchait de la table.

— Tu es stupéfiante, Mellie. Le jaune te va très bien.

— Merci.

Elle sentit ses joues s'empourprer et détourna le regard. Pourquoi avait-elle systématiquement l'impression d'avoir de nouveau seize ans, à chaque fois qu'elle était avec lui ? Pourquoi se sentait-elle aussi timide, hantée par les doutes ? Elle en oubliait même l'article qu'elle était censée écrire – la véritable raison qui l'avait poussée à accepter ce rendez-vous.

En tête à tête.

Dans une chambre.

À deux pas d'un lit.

Harris ouvrit la bouteille de vin – Melanie avait acheté un tire-bouchon au cas où il n'en aurait pas – et remplit leurs deux verres. Elle commença immédiatement à manger, pour éviter de regarder trop longtemps ses mains, ou de penser à leur douceur sur sa peau. Hélas, ça ne fonctionna pas aussi bien qu'elle l'aurait voulu, parce qu'une petite voix ne cessait de lui répéter : *le lit est juste là…*

— Tu m'as dit que Saul avait aimé ton article sur la doyenne de Stone Gap ? demanda soudain Harris.

Bien. Une question sur son travail. Ça suffirait peut-être à étouffer le désir qui brûlait en elle.

— Oui, beaucoup. Il a apprécié que j'interviewe l'arrière-petit-fils d'Evelyn pour lui demander quels étaient les secrets de vieillesse de son aïeule. Il a dit que ça ajoutait une touche d'humour à l'ensemble.

Ces compliments, de la part du rédacteur du journal d'une petite ville, avaient fait plus de bien à Melanie qu'elle ne l'aurait cru. Ça faisait des années qu'elle n'avait rien écrit d'un tant soit peu consistant, et encore plus longtemps que ses patrons ne l'avaient pas félicitée.

— J'avoue que ça m'a fait très plaisir d'écrire cet article…

Harris mâcha une bouchée de poulet, puis attrapa le beurre, qu'il commença à étaler sur son pain.

— Mais tu ne m'as toujours pas dit le secret : comment peut-on espérer atteindre l'âge canonique de cent deux ans ?

— D'après Evelyn ? En buvant beaucoup de whisky et en faisant souvent l'amour.

Harris éclata de rire si soudainement qu'il faillit recracher son vin.

— Vraiment ? C'est un régime auquel je pourrais m'habituer, je pense…

Qu'était-elle en train de faire ? Parler de boisson et de sexe avec un verre de vin à la main et à deux pas d'un lit ? Est-ce qu'elle essayait de flirter avec lui ? Si elle continuait comme ça, elle se détournerait encore plus de la raison qui l'avait amenée ici…

Sauf qu'à cet instant précis, elle se fichait de son scoop. De sa carrière. De sa vie à New York. Elle ne voyait plus que l'homme assis en face d'elle, celui qu'elle avait autrefois aimé plus que n'importe qui. Ses regards étaient doux, joyeux, comme si le passé s'était définitivement effacé.

— Evelyn… m'a dit qu'elle sortait avec un homme moins âgé qu'elle – il n'a que quatre-vingt-dix-huit ans – depuis quelque temps et que c'était ce qui l'aidait à se sentir plus jeune.

Elle avala une bouchée de purée, crémeuse à souhait. Elle se mariait parfaitement avec le tendre poulet marsala – en tout cas, c'était ce que semblaient penser ses papilles. Harris lui sourit et, d'un seul coup, son esprit cessa de fonctionner.

— C'est incroyable, murmura-t-il.

Une partie d'elle, celle qui se souciait toujours de ses

avis, fut heureuse de le voir impressionné. Ils parlèrent encore de son interview en faisant honneur au délicieux repas de Della.

La bouteille de vin était presque vide et leurs assiettes également quand Melanie se décida enfin à aborder le sujet de l'incendie. Elle faillit ne pas en parler du tout, de peur de gâcher cette soirée légère et amusante en compagnie d'Harris. Elle aurait préféré repenser à leur baiser, au moment où il avait plaisanté en suggérant qu'ils pourraient vivre ensemble, et à toutes ces petites choses qui lui avaient tant manqué depuis leur séparation.

Mais il ne lui restait qu'une semaine avant de rentrer à New York, où l'attendaient son appartement, ses factures et son chômage. Elle ne pourrait pas tenir bien longtemps avec le peu d'économies qui lui restait. D'un seul coup, la réalité lui apparut sous son jour le plus sombre et lui fit oublier toutes ses douces rêveries.

— Les Kingston sont vraiment des gens bien, dit-elle aussi innocemment que possible, comme si la conversation les avait naturellement menés sur ce terrain. J'ai été très impressionnée par la facilité avec laquelle ils se sont fait accepter par le reste de la ville.

— Ils sont super. Ils sont capables de donner leur chemise pour aider les autres. Ce sont eux qui ont besoin d'aide, maintenant, et pourtant ils se montrent toujours aussi généreux. Catherine a cuisiné des cookies pour toute la brigade des pompiers et John offre des coupes de cheveux gratuites à tous les volontaires.

Le soleil se couchait déjà de l'autre côté de la fenêtre et dardait ses rayons dorés dans la chambre, illuminant la chevelure sombre d'Harris. L'espace d'un instant, il eut tout d'un antique dieu grec.

Concentre-toi sur ton article. Sur les raisons qui t'ont poussée à venir, ce soir.

— Avec un peu de chance, le papier que j'écris sur la collecte de fonds va attirer de nouveaux donateurs, dit-elle.

Et si j'en écrivais un autre sur l'incendie… Tu sais, pour expliquer ce qui s'est passé…

— Non.

Un seul mot. Succinct et clair.

— Pourtant, un peu de publicité…

— Contente-toi d'en dire un minimum pour la collecte, Mellie. S'il te plaît. Les Kingston méritent un peu d'intimité. Je croyais avoir déjà été clair là-dessus.

Peut-être arriverait-elle à le faire changer d'avis après la parution de son article sur la collecte. Pourquoi refusait-il à ce point la moindre publicité ? Ça aurait sûrement permis de gonfler le budget de la reconstruction. Il devait bien voir que c'était dans l'intérêt des Kingston. Elle allait hélas devoir remettre cette conversation à plus tard, quand il serait moins tendu…

Elle prit un second morceau de pain, bien qu'elle ait déjà assez mangé. Si elle lui parlait tout en grignotant, ça aurait moins l'air d'une interview.

— Comment les as-tu rencontrés ? demanda-t-elle. J'ai cru comprendre que tu n'étais pas resté longtemps en ville à ton premier passage.

— Non, je travaillais sur le chantier de la maison d'un joueur de base-ball, juste à la sortie de Stone Gap. J'avais besoin de me faire couper les cheveux et, en conduisant jusqu'à la maison, j'ai vu le salon de coiffure de John. C'est là que je l'ai rencontré, ainsi que sa femme, et on s'est bien entendus tout de suite. Puis ma mère est morte, quelques semaines plus tard, et je… J'en ai beaucoup souffert. John a été d'un grand soutien pour moi.

— Je suis vraiment désolée pour ta mère, Harris. C'était une femme si gentille.

— J'ai beaucoup culpabilisé après sa mort.

Harris contempla son assiette, comme si les mots qu'il cherchait étaient enfouis sous ses pommes de terre. Il se tut un long moment. Les cris d'une troupe d'enfants qui jouaient dehors meublèrent le silence.

— Mon père a toujours été dur avec moi, mais pour ma

mère, c'était encore pire. Elle dépensait trop d'argent pour ceci, pas assez pour cela, ou ne disait pas ce qu'il fallait à table. Quand j'habitais encore avec eux, j'ai souvent essayé de diriger le plus gros de son agressivité sur moi, mais après ma démission, mon père m'a renié. On a eu une dispute violente et je lui ai tourné le dos sans jamais regarder en arrière.

Il repoussa son assiette et attrapa son verre de vin.

— À cause de ça, j'ai aussi coupé les ponts avec ma mère. Je n'arrêtais pas de me répéter que je le faisais pour ne pas provoquer encore une fois la colère de mon père en la voyant en douce, que je ne voulais pas lui faire payer le prix de mon indépendance ; mais c'était surtout parce que je n'avais pas le courage de les affronter, ni l'un ni l'autre. Et puis, je ne voulais pas croiser mon père par hasard et subir encore ses sautes d'humeur.

Il soupira et Melanie sentit le poids de ses regrets.

— Elle était triste, seule. Nous parlions souvent au téléphone, mais ça ne lui suffisait pas : elle n'arrêtait pas de me demander de venir la voir. Je lui ai promis de lui rendre visite après mon premier chantier ici… Et elle est morte avant que je rentre à la maison.

Sa mère n'avait même pas atteint soixante ans, si les souvenirs de Melanie étaient exacts. Elle l'avait rencontrée quelques fois, quand elle passait prendre Harris chez lui. C'était une petite femme discrète, qui aimait beaucoup son fils et n'élevait jamais la voix. Par contre, l'unique fois où Melanie avait rencontré Phillip – un soir où il était venu le chercher après une heure de colle – avait suffi à lui faire comprendre qu'Harris avait raison à son sujet : c'était un homme brutal. Jamais elle n'aurait pu s'imaginer mariée à un tel homme. C'était d'ailleurs surprenant de voir qu'Harris n'avait pas subi son influence en grandissant. Sans doute grâce à sa mère.

— Ta maman était si jeune. Que lui est-il arrivé ?

— Cancer du poumon. Elle ne m'en a jamais parlé. Elle ne voulait pas m'inquiéter, j'imagine.

Il secoua la tête et lâcha un juron.

— Si seulement j'étais rentré plus tôt…

Elle lui prit la main et caressa l'intérieur de son poignet.

— Tu ne pouvais pas savoir, Harris.

— J'aurais dû rentrer à la maison, soupira-t-il. Et je me suis laissé sombrer, et John… John m'a tiré du bar où je passais mes journées et m'a forcé à pêcher avec lui, pour parler jusqu'à ce que je me sente mieux. Il a pris du temps qu'il n'avait pas, qu'il aurait dû passer dans son salon de coiffure, pour être avec moi, comme un véritable ami. Après ça…

Il secoua de nouveau la tête et se massa l'arête du nez avec une grimace.

— Je lui dois beaucoup. C'est une dette que je ne rembourserai jamais complètement.

« Après ça »… Ces deux mots semblaient sous-entendre autre chose, un détail dont Harris ne voulait pas parler. Quelque chose qu'il espérait cacher. Il devait y avoir une raison pour qu'il refuse la moindre publicité autour de son acte d'héroïsme, de sa générosité. Ce n'était pas qu'une question d'humilité.

— Est-ce que les pompiers ont découvert l'origine de l'incendie ?

— Oui.

Melanie attendit en silence. Elle prit tout son temps pour finir son morceau de pain. Si elle se taisait assez longtemps, Harris finirait par se confier. Elle avait appris depuis longtemps que le silence poussait les gens à parler, pour éviter la gêne.

Que faisait-elle ? Elle manipulait un homme auquel elle tenait. Ce n'était pas comme ça qu'on décrochait un scoop ou qu'on relançait une carrière. Mais, avant qu'elle puisse changer de sujet, Harris reprit la parole.

— C'était un accident. Une bougie allumée s'est renversée.

Dehors, le crépuscule s'installait et jetait ses ombres dans la pièce.

— Une simple bougie a provoqué tout ça ? Personne ne l'a vue brûler ?

Le haut-parleur passa une ballade des années soixante-dix. Dehors, les enfants jouaient toujours en riant, un klaxon résonna, le moteur d'une tondeuse s'arrêta en crachotant. La journée s'achevait et Stone Gap se préparait pour la nuit.

— Personne n'a su que la bougie était par terre. Quand John l'a renversée… Ce que je te dis là ne doit figurer dans aucun article, d'accord ? Pas même pour la collecte de fonds. C'est bien clair ?

Elle acquiesça.

— Bien sûr.

Harris croisa les mains sur la table et prit une profonde inspiration.

— John était trop soûl pour se rendre compte de ce qui se passait. Il était rentré ivre et déprimé mais il ne voulait pas que Catherine le voie dans cet état une fois de plus, alors il est ressorti. Il était déjà dans sa voiture, prêt à repartir au bar, quand les rideaux du salon ont pris feu.

Ainsi John Kingston était ivre… C'était sûrement pour ça qu'Harris tenait tant à ce que les médias n'apprennent rien. Le connaissant, il était sans doute prêt à tout pour protéger son ami et sa famille. Une bougie renversée, et les Kingston avaient vu leur vie partir en fumée. Heureusement, Harris, le garçon qu'elle avait aimé autrefois au point de vouloir passer sa vie avec lui, était arrivé à temps pour les sauver.

— Comment t'es-tu retrouvé devant la maison au bon moment ?

— John a paniqué. Il m'a appelé et je n'ai même pas attendu qu'il finisse de me raconter ce qui se passait avant de sauter dans ma voiture. Ils ne vivent pas très loin de l'auberge et je suis arrivé en quelques minutes. J'ai appelé les pompiers sur la route, mais j'étais sur place avant eux.

Elle imaginait sans peine la scène. La nuit sombre. La force tranquille d'Harris, qui conduisait à toute vitesse dans les rues désertes. Sa silhouette qui sortait en courant de la voiture à peine garée, qui mesurait d'un regard l'urgence de la situation, qui prenait les bonnes décisions en un instant.

— Tu as couru dans la maison pour en sortir Catherine et les enfants, c'est ça ? Pourquoi est-ce que John ne t'a pas aidé ?

Harris haussa les épaules, comme si se jeter dans une maison en feu n'était pas si impressionnant que ça.

— John… n'était pas en état de faire quoi que ce soit.

L'estime de Melanie pour Harris fit un bond en avant. Elle avait connu et aimé un lycéen, mais l'homme courageux, intelligent, fort qu'il était devenu était encore plus attirant. Elle leva les yeux sur lui et vit un profond instinct de protection briller dans son regard. Il était devenu un homme. Le genre d'homme que n'importe quelle femme adorerait avoir dans sa vie.

Sauf si cette femme avait un article à écrire. Une carrière à sauver. Une vie à reconstruire. Elle se détourna et passa quelques secondes à lisser sa serviette sur ses genoux.

— J'ai rencontré John et il ne m'a pas donné l'impression d'être alcoolique.

— Il allait mal ce jour-là, c'est tout. Je ne sais pas ce qui a déclenché sa déprime. Quelque chose a dû lui rappeler…

Harris prit une profonde inspiration et, quand il la relâcha, le poids du monde parut s'abattre sur ses épaules.

— Un événement qui n'aurait jamais dû se produire.

Melanie aurait voulu apaiser l'angoisse qu'elle lisait dans ses yeux, qui lui faisait courber la tête. Elle glissa la main sur la table pour prendre la sienne, mais la retira à la dernière seconde.

— C'est terrible. Il a dû se sentir terriblement coupable après ça.

— Oui, et ça continue. Il a paniqué au moment où sa famille avait besoin de lui. Mais je connais bien John : s'il avait été sobre, il se serait précipité à l'intérieur de la maison et les aurait portés sur son dos pour les sauver.

Il s'est juste un peu égaré et… il avait de bonnes raisons pour ça.

Della ne lui avait-elle pas dit que l'entreprise de John avait fait faillite ? Melanie allait devoir faire des recherches là-dessus, dès ce soir. Peut-être était cela qui l'avait tant préoccupé, cette nuit-là. De plus, sa honte à l'idée d'avoir trop bu, de n'avoir même pas remarqué qu'une bougie était tombée près des rideaux et que sa famille était en danger, expliquait pourquoi Harris faisait tout pour le protéger de la presse.

Heureusement qu'il avait été là. Harris, sur qui on pouvait compter, qui prenait soin des autres, qui les aidait. Il était devenu l'opposé de son père, si brutal et froid, capable de briser des entreprises comme si ce n'était rien. S'ils ne se ressemblaient pas autant physiquement, on aurait même pu douter de leur lien de parenté.

Bon sang. Pourquoi fallait-il qu'Harris soit un type bien ? Pourquoi fallait-il qu'il se préoccupe autant des autres ? Et pourquoi ressentait-elle leurs anciens liens se tisser de nouveau entre eux ?

— Je comprends ce que tu veux dire, murmura-t-elle. La première partie de ma vie n'a été qu'une série d'erreurs et d'égarements. Et quand je commençais enfin à croire que j'avais repris le bon cap…

Elle s'interrompit. Finir cette phrase voudrait dire lui parler de sa fausse couche et du bébé qu'ils avaient failli avoir. De ce malheur trop lourd à supporter qui l'avait poussée à devenir plus responsable, à savoir ce qu'elle voulait. Cette vie, qu'ils auraient pu avoir si elle n'avait pas perdu leur enfant, n'existerait pas. Il était trop tard. Trop tard pour recommencer, trop tard pour les secondes chances.

— Quelque chose est venu briser cet équilibre, acheva Harris quand elle se tut. Je le comprends. Mais je suis persuadé que tu as toujours été plus solide et stable que tu ne le crois.

Comme s'il avait une fois de plus lu dans ses pensées,

il lui prit la main. Ses doigts étaient chauds et fermes sur les siens.

— Tu es une femme extraordinaire, Mellie. Je l'ai toujours pensé.

La caresse de sa main attisa le feu du désir qui brûlait déjà en elle. Ses doigts se refermèrent sur les siens et, en un instant, elle eut de nouveau dix-sept ans et se retrouva allongée sur une couverture avec lui pour regarder les étoiles. Il avait soulevé sa main dans la lueur pâle de la lune et avait caressé ses doigts l'un après l'autre. Lentement. Avec une aisance qui rendait ses gestes plus érotiques que tout ce qu'elle avait connu. Ils étaient restés là, enveloppés par la nuit, et avaient fait l'amour jusqu'au lever du soleil, ne quittant leur havre de paix qu'aux premiers signes d'éveil de la ville.

Les yeux bruns, presque noirs, d'Harris plongèrent dans les siens. Elle aurait pu se détourner, se réfugier une fois de plus derrière ses questions. Mais elle soutint son regard et, quand une interrogation muette se matérialisa entre eux, elle acquiesça imperceptiblement. Harris se leva, prit son autre main, et elle l'imita pour s'abandonner dans ses bras.

Ils commencèrent à danser, leurs corps bougeant au même rythme. Un pas en avant. Un pas en arrière. Droite, puis gauche. Ils se balançaient lentement, se rapprochant un peu plus à chaque pas. La voix qui montait du haut-parleur devait être celle de Norah Jones ou d'Enya, quelque chose comme ça… Melanie aurait été incapable de donner le titre du morceau, même pour un million de dollars. Tous ses sens étaient concentrés sur Harris, sur la main au creux de son dos et l'autre, refermée sur ses doigts d'une manière protectrice. Elle frissonnait dès que leurs corps s'effleuraient par accident. Et, à chaque fois qu'elle sentait Harris se presser contre elle, elle remarquait qu'il était plus ferme.

Il se pencha pour l'embrasser doucement, avec lenteur et tendresse. Elle s'immobilisa, passa les bras autour de son cou et l'attira à elle pour lui rendre son baiser avec plus de fièvre. Il lui avait tant manqué. Tout ça lui avait manqué. Elle n'avait encore jamais rencontré un autre homme capable de l'apprendre par cœur au point de pouvoir tracer une carte de son corps.

La main d'Harris se glissa entre eux pour se poser sur son sein. Elle se cambra dans un soupir, maudissant les vêtements qui les séparaient et la distance qu'ils créaient entre leurs peaux. Du bout du doigt, il écarta le décolleté de sa robe pour glisser sa main sous le tissu et la dentelle de son soutien-gorge.

Quand il effleura son téton, elle ne put retenir un petit gémissement. Une bombe venait d'exploser au creux de ses reins. Tout ce qu'elle voulait, c'était qu'il continue. Qu'il aille plus loin. Tout de suite.

Elle appuya le bassin contre le sien. Clairement, il avait envie de la même chose qu'elle…

— Harris, murmura-t-elle, incapable de conjurer d'autres mots pour le moment.

— Tu m'as manqué, Mellie, chuchota-t-il contre ses lèvres. Ton corps m'a manqué…

— Le tien aussi.

Elle sentit ses yeux devenir humides et une boule se forma dans sa gorge. Melanie Cooper, qui ne trahissait que rarement ses émotions et ne perdait presque jamais son calme, était en train de tomber sous le charme d'Harris McCarthy. Encore une fois.

— J'ai envie de toi, dit-il, mais juste si tu le veux, toi aussi. Nous savons tous les deux que ça ne pourra pas dur…

— Je m'en fiche, Harris. Je m'en moque complètement. J'ai envie de toi maintenant, ici. S'il te plaît… Ne me fais pas attendre plus longtemps.

Il n'eut pas besoin d'autre chose. Il passa une main dans son dos et descendit la fermeture Éclair de sa robe, puis la fit tomber de ses épaules. Elle recula, laissant le tissu former un petit tas par terre dans un froissement discret.

Harris contempla son soutien-gorge en dentelle rose et sa culotte assortie, puis un sourire illumina son visage.

— Comme tu es belle…

Elle s'approcha et déboutonna sa chemise, avec lenteur, pour dévoiler peu à peu chaque centimètre de son torse ferme. Elle écarta les pans de la chemise, puis la fit glisser le long de ses bras. Harris était devenu plus grand que dans son souvenir, plus large et plus musclé. Elle caressa du bout des doigts son ventre plat et la rondeur de ses biceps.

Il se pencha sur elle pour lui déposer un baiser dans le cou et elle faillit en perdre la tête. Il descendit le long de sa gorge en l'embrassant sur son passage, puis s'arrêta au creux de ses seins, le temps de dégrafer son soutien-gorge. Quand il eut rejoint sa robe sur le sol, Harris referma les lèvres sur son sein, puis pinça avec douceur son téton tendu.

Un volcan de désir se réveilla en elle. Elle ne voulait plus attendre, ne voulait plus prendre son temps. Elle prit Harris par la main et recula à l'aveuglette jusqu'à percuter le lit. Ils s'écroulèrent ensemble sur le matelas et roulèrent sur les draps, enlacés. Dans le mouvement, le pantalon d'Harris, son caleçon et la culotte de Melanie se retrouvèrent par terre.

Ils étaient enfin nus, enlacés l'un contre l'autre, s'approchant de plus en plus de cet instant qu'ils avaient tant attendu. Elle savait ce qu'elle allait ressentir. Elle connaissait déjà ce bonheur intense en sentant Harris la pénétrer. Et elle savait aussi qu'elle aurait encore plus envie de lui, après. Elle jouait avec le feu mais, pour l'instant, elle s'en moquait.

Harris attrapa un préservatif dans son portefeuille et l'enfila. Il s'étendit ensuite au-dessus d'elle, sans la quitter des yeux. Elle se redressa et l'embrassa pour qu'il cesse enfin d'hésiter. Au même instant, il se glissa en elle.

Elle se cambra sur le lit, agrippée à ses épaules tandis qu'il entamait un long mouvement de va-et-vient qui réveillait tous ses points sensibles. Il n'avait rien oublié d'elle. Rien du tout.

Et quand ses mouvements accélérèrent, quand la chaleur monta en elle, quand elle s'abandonna au plaisir en murmurant son nom sans lâcher ses épaules, elle fut heureuse qu'Harris McCarthy ait une bonne mémoire.

11

Harris était allongé dans son lit et Mellie dormait dans ses bras. Elle avait posé la tête sur sa poitrine, son parfum embaumait la pièce tout autour d'eux. C'était un instant à la fois fragile comme une porcelaine chinoise et cent fois plus beau. Il avait presque peur de bouger, de lui rappeler que ce qu'ils venaient de vivre n'était pas fait pour durer.

Il la comprenait, bien sûr. Dans leur jeunesse, à l'époque où le mariage était encore pour eux une coutume vieillotte, il l'avait quittée à la première difficulté, au lieu de rester et de tout faire pour arranger les choses. Mais le temps avait passé et il savait à quel point la vie est une chose éphémère. Il ne voulait plus laisser Mellie s'échapper sans rien faire. Il avait commis l'une des pires erreurs de sa vie en la rejetant, ce soir-là. En tirant des conclusions sans lui permettre de s'expliquer. Jamais plus il ne serait aussi bête.

Il leur restait à peine plus d'une semaine avant qu'elle reparte pour New York. Pourvu que ce soit suffisant…

Parce que cette nuit, Harris avait compris qu'il n'avait jamais cessé d'aimer Mellie. Et s'il y avait la moindre possibilité d'une seconde chance, il comptait bien s'en emparer.

Melanie se faufila dans sa chambre aux environs de 3 heures du matin, en prenant soin de ne pas réveiller

Harris. Tous ses souvenirs et son attendrissement de la veille avaient fait place à un grand néon clignotant dans sa tête :

Grave erreur !

À quoi avait-elle donc pensé ? Elle avait prévu de garder ses distances, pas de se rapprocher d'Harris. Sa culpabilité, quand elle pensait aux vraies raisons qui l'avaient poussée à passer la moitié de la nuit avec lui, pesait une tonne.

Elle avait envisagé un instant de le réveiller et de plaider encore une fois en faveur de son article, mais ça aurait été inutile. Mieux valait écrire d'abord, lui montrer le résultat, et lui faire enfin comprendre que ses intentions étaient pures. Qu'elle ne comptait pas exploiter les Kingston comme cette journaliste de la télé. Elle voulait *sincèrement* les aider. Elle glisserait quelques mots sur la collecte de fonds dans son texte et, si l'article était relayé par des journaux nationaux, ça pourrait tout changer pour la famille.

Melanie s'assit à son bureau et se mit à écrire, remplissant les pages de son bloc-notes aussi vite qu'elle le pouvait. Elle combla les blancs qu'elle avait laissés, donna plus de chair et de profondeur au texte, accentuant l'émotion. C'était un bel article et, même si elle s'en voulait encore d'avoir couché avec Harris cette nuit, les mots qui se déversaient sur la page l'emplissaient de bonheur. Elle raconta l'anecdote de la bougie qui tombait, un simple domino qui avait eu le pouvoir de changer tant de vies. Puis elle parla de l'homme qui avait décidé de contrecarrer le destin et de rendre à cette famille la vie qu'elle méritait.

Quand elle eut terminé, elle relut son œuvre. Sur le moment, elle n'aurait pas changé un seul mot à son article. Elle allait laisser son bloc-notes reposer pendant une journée, puis faire lire son texte à Harris avant de le taper pour l'envoyer à Saul. Peut-être pourrait-elle aussi lui demander l'autorisation de transmettre son papier à des médias nationaux.

Enfin, alors que l'aube commençait à éclaircir le ciel, elle se souvint de ce bout d'information au sujet de l'ancienne entreprise de John. Devait-elle en parler aussi dans son papier ? Ça pourrait créer un élan de solidarité et pousser plus de gens à fréquenter son salon de coiffure. Les gens comprenaient que le malheur pouvait s'abattre à tout moment, qu'une personne pouvait tout perdre plusieurs fois et avoir besoin d'aide pour prendre un nouveau départ.

Il lui fallut persévérer dans ses recherches Internet mais, au bout d'une demi-heure, elle trouva enfin ce qu'elle cherchait. Et, quand elle vit les trois lettres d'un acronyme familier s'étaler en tête d'un article concernant la faillite d'un atelier d'usinage automobile, elle comprit pourquoi Harris tenait tant à lui cacher la vérité.

Et pourquoi il lui avait menti, la veille.

Tout le bonheur sensuel qu'elle avait ressenti dans ses bras s'évanouit. Harris ne lui avait pas avoué la vérité – et il ne l'avait certainement pas avouée à John, non plus. Les Kingston n'auraient jamais été aussi gentils avec lui s'ils avaient su qu'Harris était l'un des pions qui avaient provoqué leur ruine.

La pendule indiquait 9 heures. Melanie attrapa son téléphone et passa quelques appels, puis ajouta un paragraphe à son article. Écrire ces mots lui brisait le cœur. Ils lui faisaient comprendre que le Harris qui l'avait abandonnée à dix-huit ans n'avait pas changé. Il aurait fallu qu'elle soit idiote pour ne pas retenir sa leçon, cette fois.

Elle s'habilla et quitta l'auberge, en pressant le pas quand elle passa devant la porte de la cuisine au cas où Harris aurait commencé son petit déjeuner. Elle avait fait une bêtise en couchant avec lui ; elle n'allait pas l'aggraver en le revoyant. De toute façon, elle tenait son scoop. Elle n'avait plus besoin de lui.

Della et ses fils étaient occupés à aménager le jardin pour accueillir la collecte de fonds du lendemain. Ils avaient accroché des banderoles sur la terrasse et avaient placé une multitude de petites tables dans le gazon épais. Une longue table, dans le fond, servirait à exposer les objets vendus aux enchères. Jack Barlow était occupé à construire une estrade pour le groupe de musiciens local qui avait accepté de venir jouer.

Melanie les salua tous de la main. Si jamais elle s'attardait pour leur parler, Harris risquait de faire son apparition… Elle couvrirait l'événement le lendemain, ne restant sur place que le temps d'avoir assez de matière pour son texte et – surtout – elle éviterait Harris.

Ça lui permettrait peut-être d'ignorer les sentiments que leur rendez-vous de la veille avait réveillés. Mieux valait écouter son cerveau, pas son cœur. Ce cœur trop romantique qui se croyait de retour dans les couloirs du lycée, amoureux et occupé à imaginer un avenir de contes de fées.

Perdre son bébé avait brisé ce rêve. Et quand Harris avait cru qu'elle le trompait, quand il l'avait accusée et avait tourné les talons au lieu de la serrer dans ses bras pour la réconforter, les morceaux éparpillés du rêve étaient tombés en poussière. Étrange que ce soit lui qui mente, aujourd'hui, alors que ça avait toujours été *sa* spécialité.

Jusqu'à maintenant. Jusqu'à ce que les choses deviennent plus compliquées. À présent, elle était fatiguée de devoir sans cesse couvrir ses arrières et d'éviter la vérité à tout prix.

Elle allait commencer par rendre visite à Abby. Depuis la scène dans la boutique de mariage, elle n'était plus certaine que sa sœur veuille lui parler, mais elle ne pouvait pas laisser ce gouffre entre elles.

Abby sortait justement de sa maison quand Melanie se gara dans l'allée. Les garçons n'étaient pas là – il y avait école – et Melanie vit leur mère attraper son sac à main par la porte d'entrée ouverte.

— Qu'est-ce que tu fais là ? demanda Abby.

Melanie s'approcha de quelques pas, protégeant ses yeux du soleil avec sa main.

— Je ne veux pas que les choses en restent là, Abs. Je suis vraiment désolée de t'avoir menti.

Abby leva les yeux au ciel.

— Tu as menti toute ta vie ! Et, à chaque fois, j'étais là pour te couvrir. Je me disais que tu finirais par mûrir un jour, et par devenir honnête – pour toi et pour les gens qui t'aiment. Quand tu as obtenu ton travail et épousé Adam, j'ai cru que ce moment était enfin arrivé…

Elle secoua tristement la tête.

— Mais je me trompais. Tu n'as pas changé.

— Si, tout a changé. *J'ai* changé.

Sa sœur ne parut pas convaincue.

— C'est vrai, insista Melanie.

Puis elle s'interrompit soudain. Avait-elle réellement changé ? Elle songea aux paroles d'Abby et se demanda si elle ne continuait pas à se mentir, d'une certaine manière. Elle n'avait pas été honnête avec Harris, pas au sujet du passé et encore moins du présent. Elle avait caché son divorce et son licenciement à sa famille. Personne n'était au courant de sa fausse couche ou du désespoir qui avait suivi. Peut-être que le moment était venu d'effacer l'ardoise en étant plus présente, pour commencer.

— Je veux t'aider à préparer ton mariage, Abby. C'est pour ça que je suis venue. Tu dois aller voir le fleuriste, aujourd'hui, c'est ça ? Et discuter avec le nouveau traiteur ?

— Je peux très bien m'en occuper avec maman.

Choisir de faire son shopping avec leur mère plutôt qu'avec elle était un moyen très clair de lui faire comprendre qu'elle ne voulait pas la voir. Abby tira ses clés de son sac et ouvrit sa voiture.

— Je dois y aller.

— Abby…

À son grand désarroi, sa sœur passa devant elle sans un regard et s'installa derrière le volant avant de claquer la portière. Quelques instants plus tard, Cynthia sortit de la maison à son tour.

— Ta sœur t'en veut beaucoup, dit-elle.

— J'avais compris.

Melanie réprima un soupir de frustration. Elle avait espéré que les choses se passeraient autrement.

— Je ne vois toujours pas pourquoi tu as cru bon de nous cacher tout ça, ajouta sa mère.

— Vraiment ? Tu as passé ta vie à nous juger et à nous critiquer, maman ! s'écria Melanie. La seule chose que tu as approuvée chez moi, c'était justement mon mariage avec Adam. C'est *exactement* pour ça que je ne pouvais pas vous dire comment il s'était fini.

— C'est beaucoup plus grave qu'une simple omission. C'est un véritable mensonge.

Sa mère pinça un instant les lèvres, puis s'adoucit.

— Je sais que je suis parfois trop critique avec vous deux. Je voulais juste… que vous ayez une meilleure vie que la mienne. Jamais je n'ai cherché à vous faire du mal.

C'était sans doute les seules excuses que Melanie tirerait de sa mère – ou ce qui s'en rapprocherait le plus.

— J'ai eu tort de mentir. Je ne voulais pas vous décevoir, Abby et toi, et je me disais que… Je pensais avoir le temps de remettre les choses dans l'ordre avant d'être obligée de vous en parler. J'espérais qu'un jour je pourrais enfin vous dire que j'allais bien en le pensant vraiment.

— Tout ce que tu as réussi à faire, c'est gâcher le mariage de ta sœur, répliqua sa mère avec un rapide coup d'œil en direction de la voiture. Il serait peut-être temps que tu commences à penser aux autres avant de te préoccuper de toi-même et que tu réfléchisses aux conséquences de ce que tu dis… ou écris.

Sur ce, Cynthia grimpa dans la voiture et Abby manœuvra dans l'herbe pour contourner la voiture de Melanie. Une minute plus tard, elles avaient disparu au coin de la rue, la laissant plantée au milieu de l'allée. Seule.

La sonnerie d'un texto réveilla Harris en sursaut. En tendant la main pour attraper son téléphone, il se rendit compte que le lit était vide. Mellie était partie. Son oreiller gardait encore la marque de sa tête mais les draps étaient froids. Il vérifia l'écran de son portable : le message n'était pas d'elle. Elle était partie en catimini, sans un mot.

Il ouvrit le texto qui venait d'arriver. C'était John.

Rendez-vous au café dans une heure.

Rien de plus. Harris répondit par l'affirmative et commença à se préparer. John n'envoyait jamais de messages aussi laconiques. C'était étrange. Très étrange.

Une heure plus tard, il se retrouva donc assis dans une alcôve à l'arrière du Good Eatin' Café. Sa tasse refroidissait lentement devant lui. John finit par faire son apparition, avec quelques minutes de retard, et salua quelques personnes de la tête avant de se laisser tomber sur la banquette en face d'Harris.

C'était un homme plutôt mince, qui allait sans doute devenir chauve avant l'âge. Son visage était mangé par une barbe de deux jours et il avait perdu plusieurs kilos ces derniers temps. Il retira sa casquette et la déposa sur la table, son regard était glacial.

— Je croyais que tu étais mon ami, dit-il simplement.

— Je l'étais. Je le suis.

Une lourde pierre vint peser sur l'estomac d'Harris. Il sut, avant même que John s'explique, ce qu'il allait dire. Et ce que ça allait changer entre eux.

— Pourquoi l'homme qui m'a ruiné essaie-t-il maintenant de me construire une nouvelle maison ? Tu te sens coupable après ce que tu m'as fait ?

Harris poussa un profond soupir et fit signe à la serveuse de les laisser tranquille.

— Oui. Plus que tu ne peux l'imaginer.

— C'est toi qui as appelé mon directeur comptable pour lui dire qu'on avait perdu le contrat du fabricant de voitures.

— Oui.

— Et tu savais que la perte de ce contrat nous priverait de quatre-vingt-quinze pour cent de nos revenus annuels.

— Oui.

— Et aussi que j'allais devoir licencier tous mes employés sans préavis. Que j'allais voir les femmes pleurer et les hommes me supplier. Que je porterais le poids de leurs souffrances à la fin de leurs droits au chômage ou quand le concurrent que *tu* as aidé refuserait de les embaucher.

— Je ne…

Il soupira de nouveau.

— Oui.

— Le nouvel atelier d'usinage facturait en fait les pièces plus cher. Tu le savais ? Au final, nous obliger à fermer a *coûté* de l'argent à cette entreprise automobile. Tous mes employés ont perdu leur travail, et pour quoi ? Pour rien. Pour que ton père et toi puissiez vous remplir les poches en encaissant des pots-de-vin d'un bon ami qui voulait tirer la couverture à lui, et pour faire une fleur à un client.

— J'ai obéi aux ordres, c'est tout.

Sauf qu'Harris aurait très bien pu refuser. Hélas, ça n'aurait rien changé : son père aurait trouvé quelqu'un d'autre prêt à détruire l'entreprise de John.

— Alors, qu'est-ce que je suis pour toi, maintenant ? Une œuvre de charité ?

— Non. Tu es ma pénitence, répondit Harris, les mains croisées sur la table. J'ai travaillé deux ans pour mon père et ça a été les deux pires années de ma vie. Je pensais le rendre enfin fier de moi en faisant tout ce qu'il me demandait. Je pensais qu'il verrait enfin que j'étais intelligent, compétent, et qu'il écouterait mes avis. Mais tout ce qui l'intéressait, c'était quelqu'un pour faire le sale boulot à sa place. Ton entreprise n'est pas la seule que j'ai fait fermer, John. Je me suis senti affreusement coupable à chaque fois, mais avec toi…

Il secoua la tête, le cœur lourd.

— Juste avant de passer ce coup de téléphone, je suis resté une heure assis dans mon bureau à regarder les photos des pique-niques d'entreprise.

John acquiesça.

— Oui, on les affichait sur le site Internet. Les buffets

auxquels tout le monde participait, les parties de lancer de fer à cheval, même les courses en sac. On adorait ces journées.

— Et je me suis demandé ce que je faisais là. Pourquoi je faisais ça ? Pourquoi je suivais les ordres d'un homme que je ne pouvais pas supporter ?

— Et pourtant, tu as téléphoné.

— Oui. Au final, j'ai téléphoné. J'ai dit à ton directeur comptable que vous aviez perdu le contrat et que vous ne pourriez jamais le récupérer. J'ai démissionné quelques jours plus tard. Puis, après avoir mis un peu d'argent de côté grâce à mon travail de construction, j'ai commencé à chercher les gens qui avaient encore du mal à se relever de ce que mon père et moi leur avions fait subir.

Il passa une main dans ses cheveux. La serveuse lui lança un regard interrogateur, mais il lui fit signe de ne pas les déranger.

— Je ne veux pas m'excuser. J'avais tort. C'était mal. Et je travaille d'arrache-pied depuis pour essayer de me racheter.

John sembla peser un long moment toutes ces révélations. Il regarda un couple passer devant la vitrine, l'air songeur.

— Tu sais ce qui s'est passé, cette nuit-là ? Tu sais pourquoi j'étais aussi soûl ?

— Le soir de l'incendie ? Non.

John fit l'effort de se tourner de nouveau vers Harris et de soutenir son regard. Ses yeux brillaient de rage et de douleur.

— Une de mes anciennes employées m'a appelé. Elle avait terriblement besoin de retrouver un travail et elle espérait que je pourrais l'aider. Ils ont perdu leur voiture, leur maison. Leur fils a été obligé d'arrêter ses études et ils ont dû emménager dans un appartement insalubre, dans une tour surpeuplée. Et tu sais quoi ? Je n'avais rien à lui donner. Pas de conseils. Pas de coup de main. J'ai contemplé cette maison que la banque n'allait pas tarder à nous reprendre et j'ai compris à quel point j'avais trahi mes employés et, pire encore, ma famille. Mes enfants allaient tout perdre et nous allions finir comme cette femme : entassés dans un appartement d'une seule chambre, en ville, pendant que je ferais le tour des petites annonces à la recherche de quelqu'un prêt à embaucher un quarantenaire dont le CV ne montrait qu'une entreprise en faillite et quelques coupes de cheveux… Je me suis mis à boire et je n'ai pas arrêté de la soirée, parce que j'étais en colère, rongé par la culpabilité et déprimé. Je n'ai même pas remarqué la bougie allumée.

Il releva les yeux et, cette fois, son regard trahissait une intense tristesse.

— Mais tu étais là. Deux minutes après le départ de l'incendie.

Parmi toutes les personnes qu'Harris avait aidées, aucune n'avait compris qui il était vraiment. Elles avaient toutes pensé qu'Harris était simplement un type bien, serviable, peut-être un peu trop généreux sur les bords. Il les avait soutenues en préservant son anonymat et leurs sourires avaient été ses seules récompenses. Mais il n'était plus temps de cacher la vérité au sujet de son père, ou de ses propres responsabilités. Et au diable les conséquences !

— Quand tu m'as appelé, ce soir-là, j'ai vite compris que tu n'étais pas bien et j'ai su qu'il s'était passé quelque chose. Je me suis précipité chez toi et quand j'ai vu les flammes…

Il frémit, un geste instinctif qui ne suffisait pas à communiquer l'horreur qui l'avait saisi quand il avait cru, pendant un instant, que toute la famille était morte.

— Je suis heureux d'être arrivé à temps.

— Ne pense surtout pas que je ne suis pas reconnaissant. Après tout, tu as sauvé ma famille, dit John. Je te serai toujours redevable pour ça, et pour ce que tu fais encore. Mais je ne veux pas être une œuvre de charité pour te donner bonne conscience.

— Tu ne l'es pas ! Tu es mon *ami*, vraiment, protesta Harris en tripotant nerveusement le set de table. Je me sens même coupable à propos de ça, tu sais ? Ma mère est morte, j'ai passé des semaines au trente-sixième dessous, et c'est toi – l'homme dont j'ai causé la ruine – qui m'a traîné dehors pour me faire remonter la pente. Tu m'as dit une chose, le soir où tu es venu me chercher au bar, et je ne l'oublierai pas.

— Moi ? Dans le rôle du mentor ? gloussa John. Ma femme ne serait pas d'accord…

Harris ne put s'empêcher de rire, lui aussi.

— Tu es tout aux yeux de Catherine et tu le sais très bien. Bref, tu m'as dit que se reprocher quelque chose qui était passé ne servait qu'à rendre le présent malheureux. Que la meilleure chose à faire était de vivre l'instant présent, d'être là pour les gens qui t'aiment, qui ont besoin de toi, et de laisser le reste se régler tout seul.

John fit tourner sa casquette dans ses mains pendant un long moment sans rien dire.

— Et c'est ce que tu as fait pour ma famille et moi, finit-il par dire.

— C'est ce que j'essaie de faire, en tout cas.

— D'accord.

Il enfonça sa casquette sur sa tête et se redressa.

— Je n'apprécie pas ce que tu as fait à mon entreprise, mais je te remercie de tout mon cœur pour l'aide que tu apportes aujourd'hui à ma famille. Et, si ce n'est pas trop te demander, j'ai d'anciens employés qui ont besoin de retrouver un emploi. Tu crois que tu pourrais les payer pour installer le placoplâtre sur tes chantiers, par exemple ?

Harris réfléchit un instant, puis acquiesça.

— Il faudra les former, bien sûr, mais s'ils ont travaillé pour toi, j'imagine que ce sont des gens sérieux qui ne rechignent pas à la tâche. Et si je ne peux pas tous les embaucher, je leur trouverai une place ailleurs. Je ne peux malheureusement pas faire plus.

— Tu nous as sauvé la vie à tous dans cet incendie. J'ai envie de dire qu'on est quittes.

Il glissa jusqu'au bout de la banquette et se leva.

— Avant d'y aller… Comment as-tu découvert la vérité ?

John haussa les épaules.

— Une journaliste m'a appelé, ce matin. Elle m'a posé quelques questions et je n'ai pas eu de mal à tirer mes conclusions. Son nom m'était vaguement familier, je me demande si je ne l'ai pas déjà croisée sur le chantier. Melanie… quelque chose ?

Harris savait exactement de qui il parlait. La seule femme à qui il avait cru pouvoir faire confiance. Et il avait eu tort. Encore une fois.

La collecte de fonds battait son plein quand Melanie arriva, son carnet à la main. Le groupe était le même que celui qui passait au Comeback Bar, le soir de son arrivée, et ça la fit penser à Harris. Il lui manquait tellement !

Depuis la veille, elle avait eu le temps de bien réfléchir à ses liens avec John Kingston. Le choc s'était atténué, ainsi que sa colère à l'idée qu'il lui ait menti. Après avoir pris le temps d'y réfléchir – et d'assembler toutes les pièces du puzzle – elle avait compris qu'elle ne pouvait pas juger Harris sur ses mensonges après en avoir elle-même proféré toute sa vie.

Le jardin était rempli de curieux, ce qui présageait un grand succès pour la cagnotte. On avait organisé des jeux pour les enfants – chamboule-tout, fléchettes sur gazon et château gonflable – et pour les adultes, les stands de nourriture ne manquaient pas. On avait aussi commencé les enchères. D'après ce que Melanie pouvait voir, presque toute la ville était venue. Saul tenait un des stands de snacks.

Il sourit en la voyant approcher et glissa dans sa caisse un billet de cinq dollars que lui tendait un adolescent avant de lui donner un bretzel dans sa serviette en papier.

— Bonjour, Melanie ! Comment va ma journaliste préférée ?

— Très bien. Je suis juste venue récolter les informations dont j'ai besoin pour couvrir l'événement. Et, si vous êtes toujours intéressé, j'ai fait assez de recherches pour vous proposer un autre article au sujet de l'incendie. Je comptais le taper ce soir et vous l'envoyer.

Saul la dévisagea d'un air admiratif. Oubliant ses bretzels, il lui fit signe d'approcher et baissa la voix pour demander :

— Vous avez réussi à faire parler Harris ? On m'a dit qu'il avait même refusé de répondre aux questions d'un reporter télé. Il n'a fait que répéter la même rengaine : « La famille demande aux médias de respecter sa vie privée, bla, bla, bla… »

De nouveau, une vague de culpabilité traversa Melanie. Elle allait devoir annoncer à Harris qu'elle avait écrit cet article, tôt ou tard, et qu'elle comptait le publier…

— J'ai parlé à Catherine Kingston, à Colton Barlow et à quelques autres volontaires sur le chantier. J'ai même réussi à discuter un peu avec John. Harris s'est montré plus réticent, mais il a fini par me raconter une ou deux choses.

Il fallait à tout prix qu'elle avoue tout à Harris avant que Saul mette sous presse. Il serait en colère, c'était certain, mais cet article allait forcément attirer une avalanche de dons et c'était ce qui comptait le plus. Il le comprendrait, non ? De toute façon, elle avait écrit un texte honnête – et juste.

— Parfait ! Je le publierai avec le compte rendu de cette journée, dans l'édition de mardi.

Mardi ? Ça ne lui laissait que trois jours ! Elle aurait voulu dire non, prétendre qu'elle ne serait pas prête à temps.

Parce qu'elle n'était pas prête à affronter Harris. Dès qu'il saurait ce qu'elle avait fait, il disparaîtrait de sa vie pour toujours. Peut-être était-ce d'ailleurs ce qui l'avait poussée à retarder l'inévitable jusqu'à présent…

Elle était en train de tomber amoureuse d'Harris McCarthy une seconde fois. Et si elle voulait avoir la moindre chance de reconstruire quelque chose avec lui, elle allait être obligée d'avouer la vérité – au sujet du passé comme du présent.

Saul vendit un autre bretzel et glissa l'argent dans la caisse.

— Vous êtes vraiment sûre de ne pas vouloir un travail à plein temps à la rédaction ? Peut-être comme associée, dans un premier temps ? Je suis sûr de devenir fou si je prends ma retraite d'un coup : on ne peut pas vivre que de pêche !

Un travail à plein temps voudrait dire s'installer à Stone Gap. Abandonner sa vie à New York et habiter dans la même ville que la famille de sa sœur. Dans la même ville qu'Harris, s'il prenait aussi la décision de rester.

— J'apprécie vraiment votre proposition, Saul, mais…

Il la fit taire d'un geste impérieux.

— Pensez-y, c'est tout. Il faut un peu de temps pour saisir tout le charme de Stone Gap. On en reparlera dans une semaine, si vous voulez.

Elle accepta le compromis, acheta un bretzel et s'éloigna. Tout en se promenant, elle récolta les avis de quelques autres personnes pour étoffer son article avec des témoignages sur ce qui avait poussé les gens à venir, leurs liens avec les Kingston et ce qu'ils pensaient de l'élan de solidarité créé autour de leur malheur. Plus elle entendait les gens vanter les atouts de Stone Gap, plus elle avait l'impression qu'elle pourrait y vivre heureuse.

Elle aimait New York, bien sûr. Elle aimait ses bâtiments vertigineux, son activité de ruche, ses foules toujours en mouvement. Mais elle ne connaissait pas de vraie communauté, là-bas ; pas comme ce qui existait ici. Elle ne fréquentait pas ses voisins. Si jamais son appartement partait en fumée, les habitants de son immeuble – ne parlons même pas de ceux du quartier – ne feraient sans doute rien pour l'aider. Il se contenteraient de quelques paroles de circonstances.

Elle aperçut soudain Harris en pleine conversation avec Jack Barlow, à l'autre bout du jardin. Jack était plutôt bel homme, avec sa coupe de cheveux militaire, son corps musclé et son sourire perpétuel. Mais Harris…

Il était le seul à faire battre son cœur plus vite. Bon sang.

Elle commença à faire demi-tour, prête à repousser une fois de plus leur conversation, quand Harris l'aperçut. Il échangea encore quelques mots avec Jack, puis traversa le gazon à grands pas pour la rejoindre. Elle aurait dû partir, s'éloigner et interviewer quelqu'un d'autre, n'importe quoi plutôt que l'attendre. Hélas, ses pieds semblaient enfoncés dans le sol et elle ne put que le regarder venir jusqu'à elle, l'air déterminé.

— Tu es partie au milieu de la nuit.

Il ne tournait pas autour du pot !

— J'avais du travail à faire…

— Et tu ne m'as rien dit.

Un groupe d'enfants passa en courant, tenant à la main de grands bâtons qui semaient des bulles de savon irisées sur leur passage.

— Pourquoi ?

— Nous savions tous les deux que ça ne pouvait pas durer.

Ce n'était pas vraiment une réponse, mais un orage électrique grondait au fond des yeux d'Harris, et Melanie oublia toutes ses bonnes résolutions.

— En gros, maintenant que tu as eu ton scoop, tout est fini ?

Elle sentit une boule peser au fond de son estomac.

— Il ne s'agit pas de ça…

— Tu as appelé John et tu lui as dit que c'était moi, le responsable de sa faillite. Est-ce que le salaire que Saul est prêt à te verser justifiait ça ?

Il soupira.

— Je ne peux pas te faire confiance, Mellie. Je n'ai pas pu autrefois et, clairement, rien n'a changé depuis.

— Voilà le Harris dont je me souviens ! Celui qui tire ses conclusions avant même de poser la moindre question !

Elle lâcha un juron, puis reprit amèrement :

— Tu as toujours été pressé de me juger, au lieu de me laisser une chance d'expliquer ce qui se passe vraiment. De quoi as-tu tellement peur ?

— Moi ? Je n'ai peur de rien. Ce n'est pas moi qui m'enfuis dès que les choses deviennent compliquées. Ce n'est pas moi qui me cache dans les bras d'un autre homme ou dans une autre ville.

— Tu es toujours convaincu que je t'ai trompé, que c'est ce que tu as vu, cette nuit-là, n'est-ce pas ? lâcha-t-elle avec dédain. Eh bien, tu t'es complètement fourvoyé, crois-moi. Je comprends que tu n'aies jamais pu avoir confiance en ton père qui t'a fait du mal, qui a fait du mal à ta mère et détruit des gens en les obligeant à mettre la clé sous la porte. À cause de lui, tu as fini par te convaincre que le monde entier cherchait à t'écraser ou à te faire souffrir. Mais je n'ai jamais voulu ça, ni maintenant ni autrefois.

— Dans ce cas, que faisais-tu dans les bras d'un autre homme, ce jour-là ?

— Je cherchais un peu de réconfort. Parce que tu n'étais pas là pour me le donner. Parce que tu étais incapable de m'écouter assez longtemps pour que je t'explique la situation. Dave était un ami, il travaillait avec moi à la pizzeria, après les cours. Et le hasard l'a mis sur ma route quand… quand le pire accident de ma vie est arrivé.

Harris la dévisagea d'un air perplexe.

— Un accident ? De quoi tu parles ?

— Est-ce que ça importe encore ?

Elle soupira.

— Tu me vois déjà comme ton ennemie, comme quelqu'un qui s'est servi de toi pour sa carrière. J'imagine que c'est plus facile qu'ouvrir ton cœur et me faire simplement confiance, n'est-ce pas ?

— Ou dire la vérité. Je ne suis pas le seul ici à avoir du mal à faire confiance aux gens.

— Tu as raison…

Elle repensa à toutes les relations que ses mensonges

avaient endommagées, aux personnes qu'elle avait repoussées, juste parce que c'était plus facile qu'admettre son échec.

— J'ai toujours eu du mal à accorder ma confiance. C'est peut-être à cause des critiques incessantes de ma mère ou parce que mon père est mort avant que je le connaisse. À moins que je ne sois juste plus blasée que la plupart des gens. Ça n'a aucune importance. Aujourd'hui, je suis fatiguée de traîner le poids de ces mensonges et de ces erreurs. Je veux ce qu'a Abby. Ce qu'ont les Barlow. Je veux une famille et des amis.

— Tu as trouvé la manchette pour ton édition de demain. N'oublie pas d'inclure aussi une chronique intitulée : « Comment Harris McCarthy m'a encore brisé le cœur ».

Il secoua la tête d'un air sombre.

— Au revoir, Melanie.

Sans lui laisser le temps de répondre, il tourna les talons et s'éloigna. Melanie le regarda partir en faisant de son mieux pour empêcher son cœur de voler en éclats. Après tout, elle s'en moquait, non ? Elle allait retourner à New York et oublier Harris McCarthy.

Encore une fois.

Quelques minutes plus tard, elle s'éclipsa discrètement de la fête. Elle conduisit dans les rues de Stone Gap un long moment, regardant les gens se saluer dans la rue, le facteur s'arrêter pour discuter au milieu de sa tournée, une famille entière se promener dans le parc avec un chiot. C'était à la fois si vrai, si parfait et…

Exactement le genre de vie qu'elle pensait détester quand elle était plus jeune. Sa petite ville natale du Connecticut lui avait paru étouffante. Là-bas, tout le monde attendait quelque chose d'elle. La vie n'était qu'une suite de règles et d'interdictions. Elle avait pris l'habitude de saisir tous les prétextes pour se rebeller, puis après ses études, elle était partie pour s'installer dans un univers diamétralement opposé.

Et où tout cela l'avait-il menée ? Elle était de retour dans une petite ville, avec ses règles et ses attentes – mais cette fois, elle la voyait d'un œil neuf. Cette fois, elle remarquait tous les gens bien qui semblaient y vivre heureux.

Il était temps d'arrêter de fuir. D'assumer les conséquences de ses actes. De se battre pour obtenir ce qu'elle avait toujours voulu sans oser en rêver.

Elle se gara le long du trottoir et envoya un texto, puis elle reprit sa route. Elle avait déjà trouvé une place de parking quand son téléphone sonna. Un seul mot :

OK.

Conséquence numéro un sur le point d'être réglée.

Elle coupa le moteur et entra dans le Good Eatin' Café qui, à en croire les parfums délicieux qui l'assaillirent dès qu'elle passa la porte, méritait bien son nom. Une femme grisonnante s'approcha, les bras ouverts comme si elle s'apprêtait à saluer une amie de longue date.

— Bienvenue ! Entrez ! Je suis Mlle Viv, la propriétaire du Good Eatin' Café. Vous voulez une table ou une alcôve ?

— Une alcôve serait parfaite, merci beaucoup.

— Pas de problème.

Viv lui adressa un grand sourire et la conduisit dans une des alcôves qui occupaient le fond de la salle avant de lui tendre un menu.

— Nos frites maison ont été récompensées à la foire de l'État, l'année dernière. Mais si vous voulez mon avis, ce que nous avons de mieux en magasin, c'est la tarte à la crème et noix de coco. Elle aussi a reçu une médaille et c'est un repas à elle toute seule !

Melanie apprécia immédiatement Viv. C'était une femme accueillante mais pas étouffante qui, comme tous les habitants de Stone Gap, avait un don pour mettre les gens à l'aise.

— J'en prends note, merci mademoiselle Viv.

Elle commanda un café et attendit.

La salle était charmante, avec son long comptoir agrémenté de tabourets hauts tapissés de cuir rouge. Un présentoir offrait une large sélection de donuts au sucre près de la caisse, pour que chaque client soit tenté par une dernière douceur au moment de payer. Un homme bedonnant en tablier blanc s'activait en cuisine et échangea quelques mots avec Viv quand elle entra pour attraper la cafetière.

La radio jouait de vieilles chansons des années soixante-dix qui rappelèrent à Melanie les après-midi d'été passés chez sa grand-mère. La salle restait calme : seules quelques tables et deux des tabourets de bar étaient occupés. Elle reconnut un ou deux visages familiers – des volontaires qu'elle avait croisés sur le chantier ou des gens qu'elle avait vus à la collecte de fonds – mais elle n'aurait pas pu se souvenir de leurs noms. Néanmoins, les gens la saluaient de la tête ou lui faisaient un petit signe de la main quand ils l'apercevaient. Comme la plupart des habitants étaient encore à la fête, peu de clients passaient la porte du café. C'était bien ce sur quoi Melanie avait compté quand elle avait envoyé son texto.

La porte du diner s'ouvrit et sa sœur apparut enfin sur le seuil. Elle resta quelques instants immobile, comme si elle était sur le point de faire demi-tour et de partir en courant. Melanie se leva pour lui faire signe.

— J'ai beaucoup de choses à faire, aujourd'hui. Je ne peux pas rester longtemps, annonça Abby en se laissant tomber sur la banquette.

Son regard était glacial. Sa voix, dénuée d'émotion.

— Je veux juste qu'on parle, Abs.

Abby s'adossa contre le dossier en vinyle.

— Alors, parle. Commence par m'expliquer pourquoi tu m'as menti cent fois au sujet d'Adam et de ton divorce.

Melanie corna nerveusement le coin du menu.

— Ce n'est pas la seule chose au sujet de laquelle j'ai menti…

Abby ne répondit pas. L'air entre elle parut refroidir de quelques degrés supplémentaires.

— J'ai aussi perdu mon boulot au magazine, l'an dernier, reprit Melanie.

— Et pourquoi ne m'en as-tu pas parlé ? On se téléphone

tout le temps, Melanie. Et tout ce que tu as fait, depuis un an, c'est me mentir. À *chaque* fois.

— Je ne t'ai pas dit la vérité parce que j'avais honte. Au début, quand je me suis retrouvée au chômage, je pensais que j'allais dénicher très vite un autre travail. Et puis les mois ont passé et j'ai compris que tu m'en voudrais d'avoir menti, si je te l'annonçais après tout ce temps.

— Je t'en *veux* d'avoir menti.

Elle baissa les yeux et secoua la tête avec un soupir.

— Tu sais quoi ? En fait, je ne suis même pas en colère. Je suis blessée et déçue. Quand tu avais quinze ans, je pouvais passer l'éponge en me disant que c'était la crise d'adolescence, que tu étais encore ma petite sœur un peu rebelle. Mais tu as presque trente ans, Mel. Quand est-ce que tu finiras par prendre ta vie en main ?

— Je le fais. En tout cas, je… vais le faire.

Elle s'interrompit tandis que la serveuse lui apportait son café. Abby et elle refusèrent de commander à manger.

— Je me suis égarée…

— Encore.

— Hé, je ne vole pas de pommes sur le marché, Abs ! Et je ne me glisse pas dans la piscine de l'école la nuit pour m'y baigner tout nue. J'ai divorcé et j'ai perdu mon boulot. Ce sont des problèmes d'adulte normaux.

Elle prit sa tasse à deux mains et contempla un instant les profondeurs gourmandes du café.

— Mais tu as raison. Il y a une cause commune à tous ces mensonges. J'ai toujours eu l'impression de ne jamais parvenir à ton niveau, Abs. Tu étais la plus intelligente de nous deux, celle qui prenait les bonnes décisions, qui savait ce qu'elle voulait faire et qui elle voulait être. Quoi que je fasse, on aurait toujours dit que maman…

Les larmes lui montèrent aux yeux et, pendant une seconde, elle fut trop émue pour continuer.

— Maman ne me voyait jamais autrement que comme la gosse qui fiche tout en l'air.

D'un seul coup, la moue d'Abby s'adoucit.

— Oh ! Mel ! Ce n'est pas ta faute. C'est elle. Maman n'a jamais été satisfaite de sa vie, pour bien des raisons. Peut-être qu'elle pense que se plaindre sans cesse et critiquer les gens finira par arranger les choses… Je ne sais pas.

Melanie tourna son attention sur le bord de son set de table.

— Tu as sans doute raison. Et même si je lui avais parlé du divorce ou de mon boulot tout de suite, elle aurait trouvé à redire à ça aussi.

— Elle fait pareil avec moi, tu sais. Je te comprends.

Abby remercia la serveuse pour son café puis attrapa deux sachets de sucre. Elle les ouvrit et les vida dans sa tasse.

— Ce que je ne comprends pas, c'est pourquoi tu ne m'as rien dit, à *moi*. Je suis divorcée. J'ai déjà perdu quelques emplois. J'aurais très bien pu te soutenir.

De nouveau, ces fichues larmes vinrent flouter son champ de vision, perlant au coin de ses yeux.

— Tu étais tellement fière quand j'ai eu mon diplôme, quand je me suis mariée et quand j'ai décroché ce boulot. Tu n'arrêtais pas de répéter que je m'en sortais très bien… Quand tout s'est écroulé, je n'ai simplement pas voulu retrouver cette grimace et ce regard.

— Lesquels ?

Elle la montra d'un signe du menton.

— Ceux-là. Ces moues qui me demandent toujours : « Qu'est-ce que tu as encore fait foirer, Melanie ? »

— Je ne dirais sûrement pas ça. Je ne l'ai jamais dit.

— Non, c'est vrai, admit Melanie.

Pendant toutes ces années, Abby n'avait jamais prononcé la moindre critique à son égard. Elle s'était contentée de conseils, d'encouragements, et de beaucoup de câlins.

— Tu m'as toujours aidée, tu m'as soutenue et tu m'as aimée. Mais je le voyais dans tes yeux. Je voyais toujours ce regard déçu quand je faisais une bêtise.

— Melanie, tu es intelligente, déterminée et dix fois

plus forte que moi. Tu ne m'as jamais déçue. Pour dire la vérité, j'étais… jalouse.

— Jalouse ? De moi ? Pourquoi ?

La serveuse voulut s'approcher, mais Melanie la chassa d'un geste impatient.

Abby la gratifia d'un petit sourire.

— Parce que toi, ma petite sœur, tu avais le courage de transgresser les règles. De sortir des sentiers battus. Je me suis mariée juste après le lycée, j'ai eu mes enfants et une maison de lotissement. Je me suis même mariée si jeune que je n'ai jamais vraiment eu l'impression de vivre ou l'occasion de m'amuser comme toi.

— Tu étais mon héroïne, Abs, répondit Melanie. Celle qui était là pour moi quand maman était trop dure ou quand papa me manquait. Tu étais – tu es – une excellente mère, un modèle. Je t'idolâtrais quand j'étais petite. Tu m'as tellement manqué après ton mariage avec Keith et ton déménagement… Si je faisais tant de bêtises, c'était en partie parce que je savais que je ne pourrais jamais être aussi bonne que toi ; alors j'ai décidé de prendre le chemin opposé.

— Pendant toutes ces années, on s'est enviées sans jamais se le dire ?

Melanie acquiesça.

— Il faut croire…

— C'est complètement fou, soupira Abby. Et cette dispute est absurde aussi, tu ne penses pas ?

Ces quelques mots emplirent Melanie de soulagement et de gratitude. Les larmes qu'elle avait tant cherché à combattre s'écoulèrent librement sur ses joues. Elle attrapa la main de sa sœur par-dessus la table et la serra dans les siennes.

— Tu as raison. Je suis vraiment désolée, Abs. Plus que tu ne le crois.

— Et je te pardonne, petite sœur. Tant que tu veux bien rester ma demoiselle d'honneur.

— Bien sûr. J'ai déjà la robe, de toute manière !

Abby éclata de rire, puis se leva en même temps que Melanie. Elles s'enlacèrent, longtemps et fort, sans se soucier des regards des autres clients ou du café qui refroidissait dans leurs tasses. Elles pleurèrent ensemble, jusqu'à ce que leurs plaies soient enfin refermées.

— Une réconciliation comme ça mérite bien deux parts de tarte, lança soudain Viv depuis son comptoir, en leur souriant. Cadeau de la maison.

12

Harris rentra à l'auberge un peu après 19 heures. La collecte de fonds avait eu encore plus de succès qu'il l'avait espéré et les Kingston auraient même un peu d'argent de côté, une fois la nouvelle maison meublée. John, entouré par Catherine et leurs enfants, avait l'air heureux comme s'il avait gagné le gros lot.

Harris l'enviait un peu, parfois. John avait une famille, une femme qu'il adorait, et la vie venait de lui accorder une seconde chance de devenir l'homme qu'il avait toujours voulu être. Certes, les Kingston auraient encore des épreuves à affronter en chemin, mais ils étaient assez forts pour y arriver. John avait l'air prêt à tout pour se reprendre en main, et Catherine l'aimait plus que jamais. Leur histoire se terminerait bien. Pour la première fois depuis qu'Harris avait passé ce terrible coup de téléphone à son directeur comptable, il allait pouvoir dormir en paix.

Quant à Melanie… Mieux valait ne pas s'attarder sur cette déchirure, dans sa poitrine. La douleur finirait par s'en aller. Un jour.

Della était assise à la table de la cuisine, occupée à classer des reçus, quand Harris entra avec la dernière brassée de nappes et de vaisselle.

— Oh ! merci beaucoup ! s'écria-t-elle. Mais vous savez, vous êtes mon client, vous ne devriez pas vous occuper de tout ça…

— Ça ne me dérange pas. J'ai encore du mal à croire que nous avons rassemblé autant d'argent pour les Kingston.

Della et sa famille avaient fait preuve d'une grande générosité en organisant l'événement à l'auberge. Les Barlow étaient très appréciés en ville. C'est pour ça que la journée avait attiré tant de curieux qui, sans connaître personnellement les Kingston, tenaient à participer à une aussi bonne cause. Ce genre d'élan solidaire était vraiment très différent de ce qu'il avait connu dans sa ville natale : là-bas, la plupart des gens ressentaient pour son père un mélange d'admiration et de haine. Si Phillip McCarthy avait soudain pris feu dans la rue, beaucoup de passants auraient attisé les flammes au lieu de les étouffer.

Della sourit.

— Je ne suis pas surprise. Stone Gap soutiendra toujours les siens.

— Je ne pensais pas que des endroits comme celui-ci pouvaient encore exister…

Il tira une chaise et s'assit en face d'elle. Cette journée avait été merveilleuse, chaleureuse, emplie d'un incroyable esprit de solidarité et de communauté. Harris n'était venu à Stone Gap que deux fois et, déjà, chaque habitant le saluait comme s'il y avait passé sa vie.

— Je me sens très bien ici. C'est une ville où il fait bon vivre…

Della pencha un peu la tête sur le côté et étudia son visage avec attention.

— Dois-je comprendre que vous pensez vous y installer définitivement ?

— Oui. Mais…

— Mais ça dépendra de ce qui se passera entre une certaine cliente de cette auberge et vous, n'est-ce pas ?

Elle rit de sa surprise.

— J'ai bien vu comment vous vous regardiez, tous les deux. Quand vous m'avez commandé un repas privé pour deux, il ne m'a pas fallu longtemps pour comprendre ce que ça cachait…

Harris avait cru pouvoir comprendre aussi facilement les sentiments de Mellie, mais il s'était trompé – plus d'une fois.

— Non, je suis sûr que c'est fini entre nous.

— C'est bien dommage. Je trouve que vous allez très bien ensemble.

Elle lui prit la main avec une douceur maternelle et poursuivit :

— S'il y a bien une leçon que j'ai tirée de mes trente-cinq ans de mariage, c'est que rien n'est jamais simple ou facile. Ce qui compte vraiment, c'est la manière dont nous surmontons les épreuves. Ça fait toute la différence.

Harris repensa aux Kingston, à leur avenir et aux difficultés qu'ils allaient encore rencontrer. Ils avaient déjà traversé plus de drames que la plupart des gens et trouvaient encore un moyen de s'aimer malgré tout.

— Je ne connais pas bien Melanie, reprit Della, mais j'ai l'impression qu'elle a un grand cœur et qu'elle a peur de le remettre entre les mains de quelqu'un d'autre.

— Elle m'a menti, Della. Pour écrire un article au sujet de John et de sa famille.

— Et lui avez-vous laissé une chance de s'expliquer ? demanda Della d'un air critique. Je vous ai vus vous disputer pendant la fête, et je n'ai pas eu l'impression qu'elle avait vraiment eu le temps d'exposer son point de vue.

— Je…

Toutes les protestations d'Harris s'étouffèrent d'elles-mêmes. Il s'était comporté exactement comme le jour où il l'avait quittée. Il avait craché sa colère puis avait tourné les talons. Ne l'avait-elle pas justement accusé de n'avoir pas changé ?

Peut-être était-il resté le même, après tout. Peut-être continuait-il à tirer ses propres conclusions sans jamais écouter sa version de l'histoire.

Et peut-être aussi continuait-il à se comporter ainsi parce qu'il avait peur de ce qu'il pourrait apprendre en tendant l'oreille.

— Certains d'entre nous fuient la chose qu'ils désirent le plus au monde. D'autres se sabotent volontairement par peur de prendre des risques. Mais la vie *est* une prise de risques, Harris. C'est ce qui pimente le quotidien.

Della serra sa main une dernière fois avant de la lâcher.

— N'abandonnez pas. Elle a le béguin pour vous comme vous avez le béguin pour elle.

Il ne put réprimer un petit rire.

— Le béguin ? C'est une expression que je n'ai pas entendue depuis longtemps…

— Ce n'est pas parce que le mot est ancien qu'il ne peut pas s'appliquer à ces temps modernes.

Elle empila soigneusement ses reçus et se leva.

— Bref, c'est toujours un plaisir de discuter avec vous, Harris, mais je dois rentrer. Bobby m'a envoyé un texto pour me dire qu'il avait prévu une soirée romantique pour moi.

Elle sourit, comme une adolescente qui avait le *béguin* pour l'homme avec qui elle était mariée depuis plus de trente ans. Y avait-il quelque chose de spécial dans l'air, ici ? En tout cas, cela semblait toucher tout le monde sauf Mellie et lui.

— Bonne nuit, Della. Merci pour vos conseils.

— De rien.

Elle rejoignit la porte, puis se retourna au dernier moment.

— Oh ! euh… Harris ? Il y a une part de cheesecake à la framboise dans le frigo. Un petit oiseau m'a dit que c'était son dessert préféré. Vous pourriez la monter et lui en faire la surprise.

Après son départ, Harris pensa longtemps à ses paroles. Il ouvrit le réfrigérateur, contempla le gâteau, puis referma la porte.

Melanie veilla tard, réécrivant encore et encore son article avant de l'envoyer à Saul. Pour la première fois depuis bien longtemps, elle relut son texte avec fierté. Elle avait été honnête et avait pimenté les faits d'une pointe d'émotion. Une fois le mail parti, elle pria en silence pour que tout se passe bien.

Le moment fatidique était arrivé. Son nouveau départ. Sa nouvelle carrière.

Et la fin de sa relation avec Harris.

Le mariage d'Abby serait célébré dans quelques jours et elle pourrait enfin rentrer à New York pour oublier cet homme. Encore. Peut-être que cette seconde séparation ferait moins mal que la première…

Le lendemain soir, elle alla manger chez sa sœur et fit de son mieux pour se passionner pour les fleurs et le traiteur. Elle aida Abby à sélectionner les petits fours et à choisir l'esprit des décorations faites main qui orneraient les tables. Elle promit même de revenir le lendemain pour l'aider à les confectionner.

Elle joua aux Lego avec Jake, tenta de maîtriser *Grand Theft Auto* sur la Xbox de Cody et, l'un dans l'autre, parvint à donner le change en souriant du début à la fin. Au moment de partir, Abby la serra un long moment dans ses bras.

— Je suis contente que tu sois venue, dit-elle.

— Moi aussi. Rendez-vous demain à midi ?

— Bien sûr. Ça serait parfait.

Abby l'embrassa encore une fois, puis Cynthia suivit Melanie dans le hall.

— Est-ce qu'on peut parler un moment ?

— Évidemment.

Elles sortirent ensemble et se promenèrent le long de la rue bordée d'arbres. Une brise légère soufflait. Les températures commençaient à baisser, annonçant l'arrivée de l'automne. Mais il faisait encore assez chaud pour ne pas avoir besoin de manteau. Le soleil déjà bas disparaissait lentement sur l'horizon.

— Abby m'a dit que tu avais aussi perdu ton travail, commença Cynthia.

Melanie acquiesça.

— Et je ne t'en ai pas parlé non plus. J'aurais dû le faire, maman. Je suis désolée.

Sa mère marcha quelques instants sans rien dire, puis répondit :

— Tu avais raison à mon sujet. Je critique et je juge beaucoup. Je voulais juste… que vous ayez une vie différente.

— Que nous ne connaissions pas les épreuves que tu as surmontées en tant que mère célibataire, je sais.

Melanie arracha une feuille à une branche basse et la déchira lentement, laissant une traînée de confettis verts sur son passage.

Sa mère acquiesça gravement.

— C'était difficile. Je ne suis pas allée à l'université, comme vous deux. J'ai fait beaucoup de métiers qui ne payaient jamais assez et j'imagine que… j'étais en colère. Et je vous ai fait porter le poids de cette amertume.

Elle se tut de nouveau, plus longtemps encore. Le vent soufflait dans les arbres, faisant danser les feuilles au-dessus de leurs têtes.

— Je suis allée à la collecte de fonds et j'ai discuté avec le rédacteur du journal. Il n'a pas tari d'éloges à ton sujet. Et puis, j'ai lu ton article sur la doyenne de la ville. Je ne savais pas que tu pouvais écrire avec autant de… sentiment.

— Merci.

Ce compliment toucha Melanie. Peut-être parce que c'était la première appréciation honnête que sa mère avait prononcée depuis des décennies. Et elle avait mérité ce compliment par ses mots, son travail. Un travail honnête.

Sa mère s'arrêta près d'un banc en fer forgé.

— Asseyons-nous un peu.

Melanie se rendit soudain compte que Cynthia avait vieilli, ces dernières années. Sa mère avait presque soixante ans, maintenant, et l'âge commençait à marquer son visage, sa démarche. Elle s'assit près d'elle, envahie par un étrange instinct protecteur.

— Tu crois qu'il est trop tard pour que je m'implique

vraiment dans ce mariage ? Pas juste en donnant mon avis sur les choses ? demanda soudain Cynthia. J'ai déjà trop abandonné ta sœur…

— Bien sûr qu'il est temps ! Abby adorerait ça.

Le sourire de sa mère vacilla et ses yeux se remplirent de larmes.

— Ta sœur et toi avez toujours été si proches. Très, très proches. Et je crois que j'ai été… jalouse.

— Jalouse ?

Cynthia prit une profonde inspiration.

— Quand votre père est mort, je n'avais plus que vous deux. C'était comme si vous aviez créé votre petit monde et m'en aviez exclue. Puis vous avez déménagé et…

De grosses larmes perlaient au bord de ses cils. Pour la première fois, Melanie vit de la vulnérabilité sous le masque impénétrable de sa mère. Elle vit les émotions qui l'avaient empêchée de se rapprocher de ses filles et qui l'avaient poussée à se cacher derrière un rempart de critiques. Melanie aurait pu répliquer, laisser parler sa rancœur, mais elle en avait assez de ressasser le passé. Et elle ne voulait plus qu'il façonne son avenir.

Elle serra donc sa mère dans ses bras, longtemps, jusqu'à ce que le soleil soit couché et que leurs blessures commencent à se refermer.

13

Harris mit toute son énergie dans son marteau, sa truelle et son pinceau. Il passa les cinq jours suivants à rebâtir la maison des Kingston. Chaque jour, John passait quelques heures sur le chantier, avant et après son travail au salon de coiffure, et les deux hommes travaillaient côte à côte. Pendant ces moments de labeur, ils discutèrent beaucoup. La discussion qui les avait opposés, au café, fut vite oubliée et ils retrouvèrent sans peine leur ancienne intimité. Harris apprécia cela bien plus qu'il n'aurait pu le dire. John était à la fois pour lui une figure paternelle et un ami – en ce moment, il avait besoin des deux.

John lui parla de son enfance difficile, du stress de monter son entreprise et des clients du salon de coiffure qu'il aimait le plus. Harris, lui, s'ouvrit un peu au sujet de son père et de la marque qu'avaient laissée les années passées dans son ombre. Il lui raconta tous ses efforts pour se racheter auprès des gens qu'il avait fait souffrir.

— Parfois, les choses s'arrangent d'elles-mêmes, lui dit John. Jamais je ne me serais installé dans cette ville si je n'avais pas dû mettre la clé sous la porte. Bien sûr, mon entreprise et mes collègues me manquent, mais je suis moins sous pression, maintenant que mon plus gros souci est le choix du sabot de mes tondeuses.

Il jeta un petit coup d'œil aux trois hommes qui couvraient le nouveau garage.

— En plus, tu fais travailler des chômeurs de la ville et c'est une très bonne chose.

— C'est un plaisir. Je commence aussi à lister des contacts et des formations pour tes anciens employés, dans le nord.

Il avait déjà transformé quelques vies en chemin, mais ce ne serait jamais assez. La culpabilité pesait sur lui comme un invité importun. S'il n'avait pas démissionné de son travail avec son père, ou s'il n'avait pas quitté sa ville natale, sa mère serait peut-être encore en vie – du moins, elle ne serait pas morte seule. Hélas, jamais il ne pourrait changer le passé et il allait devoir apprendre à vivre avec.

— Mon père m'a fait perdre trop de gens et il a détruit ceux que j'aimais le plus. Je ne peux pas le laisser continuer.

— Qui t'a-t-il fait perdre ? Melanie ?

John lui tendit une poignée de clous et attendit en silence qu'il les enfonce dans la rambarde de la terrasse.

— Un soir, tu m'as dit que la quitter avait été la plus grande erreur que tu aies commise.

— Non. M'intéresser de nouveau à elle a été la plus grosse erreur de ma vie, répondit Harris froidement en tapant sur la tête du dernier clou.

John ramassa leurs bouteilles d'eau et tendit la sienne à Harris.

— Tu parles de l'article.

Harris recula, glissa son marteau dans sa ceinture et but une gorgée, mais l'eau glacée n'apaisa pas le feu amer qui brûlait en lui.

— Je lui ai dit cent fois que je ne voulais pas que cette histoire d'incendie soit rendue publique. Mais elle a écrit quand même ce fichu reportage.

John réfléchit un instant, en faisant tourner les clous dans sa main.

— Peut-être parce qu'il fallait que quelqu'un raconte cette histoire.

— Je ne suis pas d'accord.

Il referma la bouteille et la reposa par terre.

— Je n'arrive pas à croire qu'elle l'ait fait alors que je le lui avais interdit.

L'un des frères Barlow annonça la pause déjeuner. John reposa ses outils, puis retint Harris avant qu'il puisse s'éloigner.

— Est-ce que tu as lu son article, au moins ?

— Non.

Harris avait entendu dire que Saul l'avait envoyé au *Charlotte Observer.* Le papier avait été publié le matin même et, dès le début d'après-midi, une foule de reporters risquait d'envahir le chantier. Il avait déjà reçu plusieurs coups de téléphones d'inconnus et n'avait pas décroché.

— Dans ce cas, tu ne sais pas si elle a été gentille ou cruelle. Tu ne sais pas si elle a réussi à écrire un article qui pourrait… changer la vie de quelqu'un d'autre. Empêcher un homme de boire et le pousser à téléphoner à quelqu'un pour demander de l'aide, par exemple, dit John d'une voix émue. Catherine et moi l'avons lu et, si tu veux mon avis, je trouve que Melanie a fait du très bon travail.

Harris resta un instant songeur.

— Je m'attendais à ce qu'elle publie un texte tapageur pour attirer l'attention d'un quotidien national.

— Eh bien, tu t'es trompé.

John tira un journal plié de sa poche arrière et le lui tendit.

— Tu n'as qu'à voir par toi-même.

Harris contempla le journal pendant un long moment. Il avait presque peur de l'ouvrir. Finalement, John lui donna une tape dans le dos.

— Nous faisons tous des erreurs, Harris. Nous jugeons les gens trop vite, nous démarrons au quart de tour sans regarder autour de nous, nous faisons du mal à ceux que nous aimons… Mais si nous restons honnêtes, alors nous pouvons nous rassurer en nous disant qu'on a fait de notre mieux et qu'on essaiera de s'améliorer la prochaine fois. Je ne connais pas Melanie, mais ma femme la trouve extraordinaire. Elle a passé du temps sur le chantier pour nous aider et elle est venue voir Catherine tous les jours. Hier encore, elle a apporté des sacs à dos et des cahiers d'école pour les enfants. Quelqu'un comme ça ne pourrait jamais écrire quoi que ce soit de préjudiciable pour ma famille.

Mellie avait fait tout ça ? Bien sûr, Harris savait qu'elle était passée sur le chantier quand il n'était pas là : Jack Barlow le lui avait dit. Mais il n'aurait jamais pensé qu'elle veuille aider les Kingston à ce point.

John alla manger, tandis qu'il restait là, adossé à la rambarde à moitié montée, avec l'article de Mellie entre les mains. La façade de la nouvelle maison était terminée et les cloisons intérieures commençaient à prendre forme. Les circuits d'eau et d'électricité dessinaient en creux le plan de ce nouveau foyer. Tout le chantier offrait l'image d'un second départ. Une nouvelle chance de racheter une mauvaise décision.

Peut-être qu'il était temps pour Harris de suivre le mouvement.

Melanie se mit à pleurer en montant la fermeture Éclair dans le dos d'Abby.

— Tu es magnifique, dit-elle. Et tu respires le bonheur…

Abby sourit à son reflet dans le miroir. Sa robe était simple, blanche et s'arrêtant aux genoux avec des manchettes courtes, un col danseuse et une rangée de strass le long de l'ourlet. Elle avait renoncé au voile pour laisser ses longs cheveux noirs flotter sur ses épaules. Une barrette fleurie les retenait et des rubans fins se mêlaient aux mèches souples.

— J'ai l'impression d'avoir de nouveau dix-sept ans et d'aller au bal de promo avec le plus beau garçon du lycée. Sauf que, cette fois, nous allons passer toute notre vie ensemble.

Melanie la serra dans ses bras, pas trop fort pour ne pas froisser la robe.

— Dylan a bien de la chance.

— Harris aussi. En tout cas, il en aura bientôt, une fois qu'il aura remis de l'ordre dans ses idées.

Elle attrapa les deux bouquets de lys, l'un gros et l'autre plus petit, et tendit le second à Melanie.

— Harris ? On ne sort même pas ensemble !

— Dans ce cas, pourquoi est-ce que tu étais si triste, ces derniers jours ? demanda sa sœur d'un air sceptique. Tu as passé toutes tes journées ici, censément pour m'aider à préparer le mariage…

— Pas censément. J'ai rempli tous ces pots de fleurs et de bougies pour les tables, tu te souviens ? Au moins, je n'ai pas eu à enfiler une robe à une chèvre pour la cérémonie !

Abby sourit un instant, puis retrouva son sérieux.

— Peut-être, mais pendant tout ce temps, tu avais l'air désespérée comme si tu venais de perdre ton meilleur ami.

Elle s'adoucit un peu.

— Pourquoi tu ne vas pas lui parler ?

— Parce que je l'ai trahi et je ne pense pas qu'il puisse me pardonner.

Elle soupira en se laissant tomber sur l'une des chaises de la chambre de sa sœur.

— J'ai écrit cet article sur les Kingston et je l'ai envoyé à Saul. Pendant un instant, j'ai même rêvé qu'il attire l'attention d'un grand journal et qu'il me serve à relancer ma carrière tout en apportant de nouveaux dons à la famille grâce à la publicité. Puis j'ai pensé au regard d'Harris quand il m'a interdit de le publier et… j'ai été incapable de le supporter. J'ai appelé Saul pour le supplier de ne pas sortir mon papier mais il m'a dit qu'il était trop bon pour l'enterrer dans un tiroir. Il l'a transmis au *Charlotte Observer* qui l'a inclus dans l'édition de ce matin.

— Je sais. Maman l'a apportée. En fait, elle a même acheté dix exemplaires du journal, répondit Abby avec un sourire. Elle est fière, tu sais. Nous le sommes toutes les deux : c'est un très bel article, Melanie.

— Mais ça ne veut rien dire si je dois blesser quelqu'un que j'aime en l'écrivant.

Dès qu'elle eut prononcé ces mots, Melanie sut que c'était vrai. Elle aimait Harris. Elle n'avait jamais vraiment cessé de l'aimer. Hélas, ce qu'elle avait fait avait détruit toute chance d'avenir pour eux et elle ne pouvait plus revenir en arrière.

Elle aida donc sa sœur à se préparer, puis conduisit jusqu'au parc pour retrouver le pasteur, ainsi que Dylan et les garçons qui avaient passé la nuit avec leur futur beau-père. La famille Barlow était déjà là, avec Mavis, l'oncle de Dylan Ty et plusieurs autres familles de la ville. Elle aperçut les Kingston assis au quatrième rang. Les enfants portaient les vêtements neufs qu'elle leur avait achetés avec Catherine, quelques jours plus tôt.

Le pasteur s'installa sous l'arche temporaire érigée au milieu du gazon et un groupe joua la chanson préférée d'Abby et Dylan pendant que les deux garçons accompagnaient leur mère jusqu'à l'autel. Abby s'arrêta un instant avant de rejoindre son futur époux et enlaça sa mère. Puis elle se redressa et alla se placer aux côtés de Dylan. Les garçons allèrent s'installer avec leur grand-mère et le pasteur prit la parole.

Melanie entendit à peine les vœux échangés par sa sœur et Dylan. Tout ce qu'elle voyait, c'était l'amour et le bonheur qui les faisaient rayonner. Leur joie était presque palpable. Une bouffée d'envie la traversa. C'était comme si elle voyait le film d'un avenir impossible défiler sous ses yeux – un avenir où elle trouvait enfin le grand amour.

Autrefois, elle avait cru connaître ça avec Harris. Mais, fidèle à elle-même, elle avait tout gâché en lui cachant la vérité. Elle était partie à l'université…

Elle avait fui.

N'était-ce pas ce qu'elle avait fait toute la semaine ? Ne l'avait-elle pas évité ? Elle s'était arrangée pour ne pas le croiser, au lieu d'avoir une conversation à cœur ouvert à propos de l'article et de tout ce qui pesait entre eux depuis onze ans.

La cérémonie s'acheva. Abby et Dylan s'embrassèrent sous les applaudissements. Tout le monde se dirigea ensuite vers le kiosque du parc où étaient installés les musiciens et auprès duquel on avait dressé une vingtaine de tables décorées pour les invités. Jack Barlow avait construit une piste de danse temporaire et, dès que le groupe se mit à jouer, Dylan ouvrit le bal avec Abby.

Melanie posa leurs bouquets sur l'une des tables et se tint à l'écart, à l'ombre d'un arbre, pour regarder les jeunes mariés. Elle ne pouvait s'empêcher de penser au tour que sa vie aurait pris si elle était restée dans sa ville natale au lieu de s'en échapper.

Saul s'approcha d'elle. Son éternelle casquette était toujours vissée sur sa tête, bien qu'il ait fait l'effort de porter une élégante chemise à manches courtes et une cravate.

— C'est un beau mariage, dit-il.

— Oui, en effet. Détendu et agréable. C'est un plaisir de voir que tant de gens de la ville sont venus.

Saul acquiesça.

— Même les Kingston. Mme Kingston m'a dit que vous aviez acheté leurs vêtements de fête et fait tailler un costume sur mesure pour le petit.

Melanie s'était servi de l'argent qu'il lui avait versé pour ses articles, ce qui n'avait pas arrangé son compte en banque ; mais la gratitude de Catherine valait bien ce sacrifice.

— C'est le moins que je pouvais faire. Ce sont des gens formidables…

— Et vous vous en voulez un peu d'avoir écrit ce papier, n'est-ce pas ? demanda Saul.

— Oui.

Même si la famille avait adoré l'article, elle se sentait encore coupable. L'*Observer* avait appelé le matin même pour lui offrir un travail de reporter à plein temps. Deux autres journaux importants et un magazine l'avaient contactée aussi. Elle n'avait pas décroché, se contentant d'écouter leurs messages après coup.

— Ne vous mettez pas martel en tête. Cet article est l'un des meilleurs que j'aie lus depuis longtemps. Et je suis dans le métier depuis l'âge de pierre, alors vous pouvez me croire sur parole. Mon ami de l'*Observer* m'a dit qu'il vous avait proposé un emploi. Vous devriez l'accepter. C'est un très bon journal et ils vous paieront certainement mieux que moi. Mes cannes à pêche devront attendre encore un peu, j'en ai peur…

C'était tout ce qu'elle avait voulu, emballé avec un joli nœud. Et pourtant, elle se sentait plus déprimée que jamais.

L'ancienne Melanie se serait moquée des conséquences. Elle aurait publié l'article et aurait quitté la ville avant les retombées. Mais elle avait changé. Elle avait mûri depuis un an et avait compris qu'être honnête avec ceux qu'elle aimait – et elle-même – était la seule manière d'avancer. Et cette Melanie ne pouvait pas ignorer les drames qu'elle laissait derrière elle en dépit de ses bonnes intentions.

— J'y réfléchis, répondit-elle. Je crois que je ne sais pas encore vraiment ce que je veux.

— Je comprends. Mais, Melanie…

— Une offre comme ça ne restera pas disponible pour toujours, acheva-t-elle avec un sourire. Merci d'avoir cru en moi, Saul.

— C'était facile, après avoir vu de quoi vous êtes capable. Et, pour tout vous dire, je pense que je vais même me mettre au kale.

Ils éclatèrent de rire tous les deux.

— Ça serait bon pour vous, c'est certain.

— Pour mon embonpoint, surtout.

Sur un clin d'œil complice, il s'éloigna et rejoignit les autres invités.

Melanie regarda sa sœur danser avec Cody pendant que

Dylan faisait tourner Jacob dans les airs au milieu de la piste. John et Catherine les rejoignirent, enlacés comme de jeunes tourtereaux.

Du coin de l'œil, elle aperçut enfin Harris qui traversait le parc à grands pas. Il portait un costume bleu marine et une cravate dans des tons de rouge. Elle sentit les battements de son cœur s'accélérer. Il était si beau en costume… Surtout dans ces couleurs. Ça faisait bien longtemps qu'elle ne l'avait pas vu habillé avec une telle élégance et elle sentit l'excitation monter en elle. Il allait être difficile de le quitter de nouveau ! Et encore plus de l'oublier.

Il salua quelques connaissances en chemin, puis se dirigea vers elle. Comme d'habitude, les gens l'accueillaient à bras ouverts. Mais, au lieu de s'arrêter pour discuter, il venait droit sur elle. Elle retint son souffle. Elle ne savait pas encore ce qu'elle allait lui dire, juste que leur conversation avait assez attendu.

— Tu es magnifique, murmura-t-il en arrivant près d'elle.

Elle sourit.

— Merci. Tu portes toujours aussi bien les costumes. Je ne t'avais pas vu habillé comme ça depuis une éternité.

— Merci…

Il indiqua la piste de danse d'un signe de tête.

— Je regrette d'avoir manqué la cérémonie, mais Abby et Dylan ont vraiment l'air heureux.

Ce n'était que du bavardage, pour combler le silence.

— Oui, ils le sont. Et je suis contente pour eux. Ma sœur n'a pas eu une vie facile, elle mérite son conte de fées.

— Tout le monde le mérite.

Parlait-il d'elle ? De lui ? Ou cherchait-elle encore la marque d'une affection qui s'était éteinte depuis longtemps ? Quand donc allait-elle enfin grandir et cesser de vouloir l'impossible ?

— Il y a quelque chose que j'aurais dû te dire il y a des années, lâcha-t-elle.

Elle ne voulait plus de secrets. Elle ne voulait plus fuir la vérité. Pas seulement avec sa mère et sa sœur, mais avec tous ceux qui faisaient partie de sa vie.

— Ça ne changera rien au présent, mais je crois que tu dois tout savoir. On peut marcher un moment ?

— Bien sûr.

Melanie fit signe à sa sœur pour lui dire qu'elle revenait vite. Abby acquiesça avec un sourire d'encouragement.

Harris et elle s'éloignèrent de la foule et de la réception. Quand la musique ne fut plus qu'un brouhaha distant, elle commença :

— Tu avais raison quand tu m'as accusée de mentir, le jour de notre rupture. Mais je t'ai dit la vérité quand je t'ai expliqué qu'il n'y avait rien entre Dave et moi. En revanche, je ne t'ai jamais dit pourquoi il était là, ni pourquoi j'avais besoin d'un câlin pour me réconforter.

Elle prit une profonde inspiration et lâcha le morceau.

— Je suis tombée enceinte.

Harris se figea, bouche bée.

— Vraiment ?

Elle le vit calculer dans sa tête, se poser en silence une centaine de questions au sujet d'un éventuel bébé. Puis une profonde tristesse envahit son regard quand force lui fut de constater qu'aucun gamin de dix ans n'était là, avec eux. Elle acquiesça gravement. Même après toutes ces années, les larmes lui montaient encore aux yeux au souvenir de cette perte.

— Je l'ai perdu la veille de notre rupture. J'avais compris ce qui se passait deux jours plus tôt et j'essayais encore de me faire à cette idée, de trouver un moyen de te le dire. Puis je me suis réveillée avec d'atroces douleurs, le matin. Je voulais croire que ce n'était pas vrai, que les saignements étaient normaux, puis je suis allée voir le médecin et il a confirmé mes peurs. J'étais dévastée. Quand j'ai quitté mon travail, Dave m'a raccompagnée et je n'ai pas pu m'empêcher de tout lui raconter. Ce que tu as vu, ce n'était qu'un ami en train de réconforter une amie qui venait de perdre ce qu'elle avait de plus précieux. Pas une liaison secrète.

— Pourquoi est-ce que tu ne me l'as pas dit ?

— Parce que tu ne m'en as pas laissé le temps. Tu as paniqué, tu m'as plaquée et tu es parti. J'étais tellement blessée que tu puisses me croire infidèle que je n'ai pas eu envie de t'appeler pour t'expliquer ce qui se passait. Et je t'en voulais de ne pas être là pour m'aider à traverser la pire période de ma vie. La personne dont j'avais le plus besoin me tournait soudain le dos.

Elle soupira.

— J'ai postulé à la fac et je suis partie dès que j'ai pu. Je me suis juré de t'oublier, d'oublier cet été et surtout cette soirée.

Elle essuya ses yeux d'un revers de la main. Quand Harris voulut la prendre dans ses bras, elle l'en empêcha. Si elle ne lui disait pas tout maintenant, elle n'aurait plus jamais le courage de le faire.

— J'avais l'impression d'avoir échoué à nouveau. La seule chose dont j'aurais dû être capable, celle que des millions de femmes accomplissaient chaque année, je l'avais… ratée.

Elle secoua la tête pour ravaler les larmes qui revenaient.

— Maintenant, je sais que ce n'était pas ma faute, que ces choses-là arrivent souvent sans raison. Mais à l'époque, j'avais l'impression d'être une incapable et je ne voulais plus jamais ressentir ça. Alors j'ai fait des études, je me suis installée à New York, j'ai obtenu un boulot qui me paraissait glamour – à l'époque – et épousé un homme sur lequel toutes les femmes bavaient. Puis j'ai tout perdu.

Nouveau soupir.

— J'ai échoué, encore une fois, et je n'ai pas eu le courage d'affronter la réalité.

— Non, tu n'as pas échoué. Tu as poursuivi ton rêve, tu as pris ton courage à deux mains quand tu es tombée, et tu as recommencé.

— À tes dépens.

Elle prit son visage dans ses mains, avec douceur, et contempla ces yeux noisette qu'elle aimait encore tellement. À présent, elle savait pourquoi elle avait tant tardé avant d'envoyer l'article. Pourquoi elle avait hésité avant de laisser Saul le publier. Pourquoi elle n'avait pas accepté l'offre du *Charlotte Observer.*

— J'ai supplié Saul de ne pas sortir ce papier. Je ne voulais pas te faire de mal. Ou faire de mal aux Kingston.

— Et tu ne l'as pas fait.

Harris fouilla dans la poche de sa veste pour en tirer le journal plié.

— John me l'a donné et je viens de le lire. C'est… un très beau texte, Mellie. Je connais l'histoire mieux que personne et j'ai quand même senti ma gorge se nouer en le lisant. Tu as été juste, honnête, sensible à tout ce que les Kingston ont traversé.

Melanie s'était attendue à de la désapprobation – voire de la colère. Sa fierté et ses compliments lui coupèrent le souffle.

— Tu… Tu l'as aimé ?

— Je l'ai adoré. Tu es très douée, Mellie.

Il se rapprocha d'elle.

— J'aurais dû savoir que tu l'écrirais dans un esprit de justice. Que tu étais la seule journaliste en qui je pouvais avoir confiance.

— Et pourtant, tu as douté de moi.

— Parce que tu es une femme très puissante, Melanie Cooper…

Il lui redressa le menton pour la regarder dans les yeux.

— Dès l'instant où je t'ai rencontrée, tu as été la seule capable de me briser le cœur et cette faiblesse m'a terrifié.

Elle ne put réprimer un petit rire.

— Je ne suis pas sûre que quoi que ce soit puisse te terrifier, Harris.

— L'idée de te perdre, si. J'ai déjà traversé ça et je ne veux pas que ça recommence.

Il lui prit les deux mains et les plaqua contre son cœur.

— Même après mon départ et ma démission, mon père a continué à façonner ma vie. Il n'a jamais approuvé notre relation.

— Oui, je m'en souviens.

— Il voulait que je sorte avec la fille d'un de ses associés. Une femme qui pourrait servir ses intérêts. Il n'a pensé qu'à lui, comme lorsqu'il a fait fermer l'entreprise de John et de tous ces gens, soupira Harris. J'ai passé trop d'années à chercher l'approbation d'un homme que je n'aime même pas. Et ça m'a coûté très cher.

Elle était tout près de lui, maintenant, suffisamment pour sentir son parfum. Suffisamment pour que son cœur s'emballe et en veuille plus. Elle voulait qu'il lui demande de rester… Mais elle lui avait dit souvent que leurs retrouvailles ne pouvaient être que temporaires, qu'elle allait rentrer à New York et reprendre le cours de sa vie. Mieux valait rassembler son courage maintenant et rester forte, avant de fondre en larmes.

— Je suis contente qu'on ait eu l'occasion de se revoir avant mon départ.

— Non, dit-il sans la quitter des yeux. Ne disparais pas de ma vie une seconde fois, Mellie.

Une pointe de vulnérabilité transparut dans la manière dont il prononça son nom, dans ses caresses. Elle sentit son cœur fondre et se redressa, les lèvres tout près des siennes.

— Pourquoi ? murmura-t-elle.

— Parce que je t'aime. Je t'ai toujours aimée.

— Même maintenant ?

Il acquiesça.

— Je l'ai compris à l'instant où je t'ai revue. C'était comme si nous nous étions dit au revoir la veille, et pas il y a onze ans.

Une bouffée de joie envahit Melanie. Elle avait tout fait pour rester rationnelle, pour protéger son cœur, mais l'amour qu'elle ressentait pour Harris avait guidé sa plume, avait percé dans chaque mot de l'article.

— Je t'aime aussi. J'avais juste tellement peur. Je… Je ne veux pas tout gâcher une seconde fois, Harris.

— Tu ne gâcheras rien.

Il chassa une mèche de son front.

— Parce que cette fois, nous ne bougerons pas d'ici.

— Ici ?

— C'est l'endroit idéal pour prendre un nouveau départ, tu ne crois pas ?

Melanie se retourna pour voir tous les voisins rassemblés autour d'Abby et de Dylan. La famille de sa sœur vivait entourée d'amis attentionnés. Melanie elle-même avait été accueillie par la ville comme si elle y habitait depuis toujours. Jamais elle n'avait ressenti ça dans le Connecticut ou à New York. Ici, entre la tarte à la noix de coco et la boutique de mariage rose bonbon, elle avait trouvé son foyer.

— Oui, je le pense aussi, dit-elle.

— Dans ce cas, n'hésitons plus, Mellie.

Il la prit dans ses bras et l'embrassa – longtemps, avec une tendresse qui la fit frissonner et lui donna envie de plus. Beaucoup plus.

— Je t'aime.

— Je t'aime aussi, Harris.

Elle le regarda un instant, puis ajouta :

— Est-ce que ça veut dire qu'on va réécrire la suite de notre histoire ?

— Ça me paraît tout indiqué. Mais je crois qu'on va avoir besoin de nouveaux blocs-notes…

Il l'embrassa encore une fois, puis deux, jusqu'à ce qu'elle en perde le souffle.

— Parce que j'ai bien l'intention d'avoir une longue et heureuse vie avec toi.

— C'est une fin idéale pour moi.

Elle se laissa aller dans ses bras et regarda le soleil se

coucher. Les lumières de la ville prirent le relai et une nouvelle vie se mit à palpiter au cœur de Stone Gap.

Jamais, même si elle l'avait voulu, elle n'aurait pu imaginer une plus belle histoire.

Retrouvez prochainement,
dans votre collection

Harmony

Un miracle tant espéré, de Helen Lacey - N°4

Un miracle : il n'y a pas d'autre mot pour décrire la grossesse de Tess, après toutes ces années de tentatives infructueuses. Seulement voilà, il a fallu que cet immense bonheur lui arrive *après* son divorce. Alors qu'elle est de retour au ranch pour révéler à Mitch Culhane, son ex-mari, qu'il sera bientôt père, Tess sent son cœur se serrer. C'est avec cet homme qu'elle a conçu un enfant, et c'est avec lui seul qu'elle désire l'élever. Mais tous deux seront-ils capables de surmonter leurs différends pour fonder enfin une famille ?

Retrouvailles en Méditerranée, de Jennifer Faye - N°5

Stasia n'avait aucune envie d'embarquer sur un bateau de croisière. Quant à Roberto, l'idée même de prendre des vacances lui était insupportable. Leurs retrouvailles fortuites à bord, pourtant, donnent un tour inattendu à ce voyage sur les eaux méditerranéennes. Alors qu'ils sont amis de longue date, Stasia et Roberto ont l'impression de se découvrir pour la première fois. Au point d'avoir soudain envie d'explorer cette attirance jusque-là inavouable…

La mémoire du cœur, d'Ellie Darkins - N°6

Elle a oublié l'homme de sa vie. Frappée d'amnésie il y a sept ans, Meena espère se rappeler les quelques mois durant lesquels elle est tombée follement amoureuse, sur l'île du Bijou. En vain. Or depuis sa rencontre avec Guy Williams, de passage sur ces lieux enchanteurs, elle est envahie de sensations troublantes. Dès qu'elle est au contact de l'homme d'affaires, son cœur s'emballe, son corps s'éveille… Se pourrait-il qu'il soit celui qu'elle recherche depuis si longtemps ?

Composé et édité par HarperCollins France.

Achevé d'imprimer en mai 2020.

CPi
BLACK PRINT

Barcelone

Dépôt légal : juin 2020.

MIXTE
Papier issu de sources responsables
FSC® C108412
FSC www.fsc.org

Pour limiter l'empreinte environnementale de ses livres, HarperCollins France s'engage à n'utiliser que du papier fabriqué à partir de bois provenant de forêts gérées durablement et de manière responsable.

Imprimé en Espagne.